新装版

終電へ三〇歩

帰れない夜の殺人

赤川次郎

Jiro Akagawa

C★NOVELS

目次

登場人物紹介

柴田秀直　係長止まりのサラリーマン、四十六歳。
柴田沙紀　柴田の妻。
柴田幸代　柴田の娘。私立女子校に通う中学二年生。
永井絢子　課長、四十二歳。柴田の直属の上司。
黒木昭平　柴田の会社の常務。絢子と不倫している。
黒木郁代　黒木の妻で、馬渕社長の姪。
黒木美央　黒木の娘。十七歳の高校生。
三神久士　テレビ番組制作会社の社長。
三神真世　三神の妻。元女優、結婚と同時に引退。四十五歳。
三神　彩　私立の名門女子高校に通う二年生。演劇部。
常田広吉　三神の元同僚。クビ切りにあい、酒に溺れる。
常田加代子　常田の妻。バー〈K〉を営む。四十八歳。
常田　治　常田の息子。都立高校に通う二年生。演劇部。
ルミ　加代子のバー〈K〉の新人ホステス。
安田圭子　専業主婦、四十歳。夫からDVを受ける。

安田浩次　圭子の夫。三十六歳。
安田　結　圭子の娘。小学一年生。
西川あゆみ　圭子の元同僚、四十二歳。独身。
本多　ごく平凡なサラリーマン。離婚して十年。
織原しのぶ　女優。常田とは新人の頃からの知り合い。
木下　しのぶのマネージャー。
桑原央之　シナリオライター。しのぶの恋人。
桑原信子　桑原の妻。夫同様、不倫している。
桑原拓郎　桑原の息子。八歳。
マイケル　金髪の若者。幸代の恋人で、父は市会議員。
香月　杏　十七歳の高校生。マイケルの従妹。
哲　失業中の元自動車修理工。
文弥　哲の弟分。
馬渕　柴田、黒木、絢子が勤める会社の社長。
松木奈美　バー〈R〉のママ。
内村　くたびれた中年男。奈美に金を貸している。
乙羽香子　奈美の年の離れた妹。看護師。

終電へ三〇歩

帰れない夜の殺人

1　いつもの夜

いつもなら。

そう。——いつもなら、そのひと言は思いやりだった。

「もう帰らないと、終電に間に合わないわよ」

その飲み屋は、女将《おかみ》の「お袋の味」が人気だった。

むろん、一人でやっている店だから、大したつまみは出ないのだが、どれもなかなか旨い。少し塩味が強いが、女将が東北出身だから、という話だった。

ただし、本当に東北の出身なのか、当人の口から聞いたという客はいなかったが。

「もうそんな時間か……」

少しもつれた舌で、立ち上《あが》ったもう一人の客が、「じゃ、母さん、またね！」

「毎度」

と、女将は言って、「あんたはいいの？」

と、柴田《しばた》の方へ顔を向けた。

「ああ……。行くよ」

酔えない。ちっとも、体が熱くさえならない。

風が冷たいせいだけではない。忘れたいことが多過ぎるせいだけでもない。

何もかもが——自分を取り巻く何もかもが、冷た過ぎて柴田の体を中身から、芯から凍らせているのだ。

その氷の塊は、少々のアルコールぐらいでは解けない。

「いくらだい……」

柴田は上着の内ポケットから財布を取り出し

た。

「いいわよ、月給日で」

と、女将は手を振って、「寒いよ。風邪ひかないようにね」

「ああ……。だけど……」

その後を続けるべきかどうか、柴田は迷った。もう月給日は来ないいんだよ。母さん、もう俺には。

だから、今日は払ってくよ。そうでないと、「次」はもうないかもしれないからさ……。

「さ、早く行った！」

と、柴田は押し出されてしまった。「駅のベンチで寝たら死ぬよ」

まあ、都会のことで、それほど寒くはないが、心配してくれるのは嬉しかった。そんな女将に損をさせちゃいけない、と思いながら、結局柴田は今日の分を払わずに歩き出していたのだ……。


駅までは大した距離ではない。

柴田秀直《ひでなお》は、重い足どりで歩いていた。

小さな飲み屋の並ぶ、駅前の細い通り。同じく、「終電に間に合うように」駅へと向かう男たちがいくらもいる。

どんなに酔っていても、必ず「終電」には乗って帰る。——その悲しい習性は、まるで日暮れに牛小屋へ戻る牛たちのようだ……。

柴田秀直は四十六歳。——優秀で、素直で、という親の期待が一見して分る名前。

そんな自分の名が嫌いだった。

それでも、一応しっかりした企業で二十三年。課長にはなっていないが、その下の係長のポストで五年。

「そろそろ課長か……」

と、自分でも思い始めていたところへ、リストラの嵐。

会社は他の大企業の子会社になり、人員を三割減らすことになったのだ。その中に、柴田の名もあった……。

優秀で素直な柴田の名も。

通告されたのは、わずか二週間前。そして今日が最後の出勤である。

飲んでも酔えないのは当然だろう。

わずかばかりの退職金は出た。しかし、次の仕事を見付けるまでの生活を支えられるかどうか。

北風は、いつも以上に冷たい。

正面から吹いてくる風に、つい顔をそむけた拍子だった。

ちょうど脇へ入る道があり、少し先にポッと明るく見えるのは、いささかさびれた感じのラブホテルの入口。——今、そこから男と女が出て来たところだ。

柴田は足を止めた。夜のことで、顔ははっきり分らないが、しかし長いこと毎日見て来た二人だ。

あいつら……。本当に？

その二人はホテルを出て来ると、柴田の方へ背を向けて歩き出した。柴田は何も考えずに、その後をつけて行った……。

男は、柴田が所属していた部署を担当する常務、黒木《くろき》。そして女は——。

「あいつが……。黒木常務と。そういうことか」

永井《ながい》絢子《あやこ》は、柴田の直接の上司だった。年齢は柴田より四つ若い、四十二歳だが、二年前、課長として他の部からやって来た。

確かに仕事はできるのだろう。その代り、部下に厳しいことでは、男性の社員を泣かせるのが年中である。

独身で、一人暮しと聞いていた。男の気配など、みじんもなかったのに……。

その永井絢子が、黒木とホテルへ？

むろん、黒木には妻子がある。というより、今の社長の姪が、黒木の妻だ。

これが知れたら……。

「どこに行くんだ？」

と、柴田は呟いた。

小さな公園があった。もちろん、夜だから誰もいない。

黒木と永井絢子は、公園のベンチに腰をおろした。

公園には柵はないので、柴田は植込みの間を進んで、二人のかけるベンチの斜め後ろに出た。

二人の着ているコートがガサガサと音をたて、抱き合い、唇を重ねているのが、うす明りに見える。

柴田は、このときになって、初めて気付いた。

——今、俺は自分にとって絶好のネタをつかんでいるのだ。

黒木は、浮気を妻に知られたくないだろう。その相手の永井絢子だって。

直接の上司の課長と、その上の常務。

その二人の弱味を握ったのだ。

俺を、どこかのポストに戻すぐらいのことはしてもらってもいいだろう。口をつぐんでいる代償に……。

「——もう行って」

と、永井絢子が言った。「終電に間に合わなくなるわ」

その声を聞いて、柴田は思わず口もとに笑みを浮かべた。

永井絢子のあんな声を会社で聞いたことがなかったからだ。いつも、とげのあるきつい声で人を叱りつけている女が……。

あんな声も出るんだな。

「そうだな……。もっと一緒にいたいけど」

「じゃ、どこかに泊ってく？」

と、永井絢子に訊かれて、黒木は少しあわてたようだ。

「いや、それはちょっと……」

「冗談よ」

と、絢子は笑って、「さあ、行って」

「うん」

黒木は立ち上って、「じゃ、先に行くよ」

「ええ。——ネクタイ、ちゃんと真直ぐにしてね。奥さんが気が付くわ」

「あいつが、そんなことに気が付くもんか。じゃ」

黒木が足早に公園を出て行く。

柴田も、本当ならもう行かないと、終電に間に合わない。しかし、今、目の前にいる永井絢子にひと言、言ってやりたかった。

それに——終電で帰ったところで、待っているのは、暗く寝静まった部屋だけだ。

妻の沙紀《さき》も、娘の幸代《さちよ》もぐっすり眠っている。柴田が今日で「失業者」になったことなど知らずに……。

そうだ。——黒木常務に、永井絢子から話をさせよう。

それぐらいのことはしてもらってもいいはずだ。二十年以上働いて、あんなにも冷たくお払い箱にされたのだから……。

柴田は植込みのかげから出て行こうとした。

そのとき――思ってもみないことが起った。

永井絢子が、両手で顔を覆って泣き出したのである。声を上げ、しゃくり上げながら、呻《うめ》くように、身をよじらんばかりにして、泣いていたのだ。

その場に立ったまま、柴田はどうすることもならず、泣いている永井絢子を見ていた。

急に冷たい水を浴びせられたようだった。

黒木にとって、ただの浮気でも、永井絢子にとってはそれ以上のものなのだろう。柴田は、この課長がごく普通の人間だったということに、初めて気付いた。

どれくらい泣いていただろう。

もう終電は出てしまったに違いない。

しかし、柴田は泣いている永井絢子に声をかける気には、どうしてもなれなかった……。

――ハンカチを出して、顔を拭《ぬぐ》うと、永井絢子はやっと息をつき、背筋を伸《の》ばして立ち上った。

そのとき、初めて人の気配に気付いた。

振り向いて、

「誰？」

と、少し怯《おび》えたような声を出す。

柴田が進み出ると、永井絢子は幻でも見たように、

「柴田さん？」

と言った。「――どうして、ここに？」

「見かけたんだ、たまたま」

と、柴田は言った。「君たちがホテルから出て来るところを」

「そう……」

絢子はハンカチでもう一度涙を拭うと、「隠れて見てたのね」

「まあね」

「いい気味だと思ってるでしょ」

「いや……。初めは、いいものを見たと思ったよ。何しろ、常務が相手だ」

絢子は目を伏せて、

「私が悪いのよ」

と言った。「黒木さんは気の弱い人だわ」

「分ってる」

絢子はハッとしたように、

「まさか――黒木さんの奥様に知らせたりしないわね。お願いよ、それだけはやめて」

「どうして僕が黒木常務に気をつかわなきゃいけないんだ？　社員でもないのに」

と、柴田は言い返した。

「あなたの気持は……」

「分るもんか。帰って女房に何と話せばいいのか、苦しんでる男の気持なんて」

「私も……何とかあなたの名前がリストに入るのを止めたかった」

「本当かい？　まあ、今となってはどうでもいい」

「柴田さん――」

「脅迫してやろうと思ったよ。君らの仲を黙っている代りに、復帰させろって」

「それは別の問題だわ」

「そんなこと、言ってられるかい？　明日から、どうやって食べていくか、見当もつかないときに」

と、柴田は言って、「しかし——今、君が泣くのを見て、やめたよ」

「私に同情したの？」

「同情はしないが、泣いてる女の弱味につけ込むような卑劣な人間にまで堕《お》ちたくない、と思ったんだ」

「それじゃ……」

「見なかったことにするよ、君らのことは」

柴田は肩をすくめて、「もう終電は行ったな。君は帰らないの？」

「私は駅前の駐車場に車を置いてるの」

「そうか。——そういえば、どこに君が住んでるかも知らなかったな」

「あなたのお宅と近いわ。車で送るわよ」

「いや、何とか……。タクシーはもったいないから、どこか安い所に泊って、明日帰るさ。一円だって、むだづかいできない」

「それぐらいのこと、させて」

と、絢子は言った。「せめてものお詫びだわ」

「だが……」

と、ためらったが、「じゃ、そうさせてもらおう。歩いて帰るわけにもいかないしな。だが、僕は飲んでるから、運転できないよ」

「大丈夫。運転には自信があるの」

二人は公園を出て、歩き出した。

「駅から少し離れてるから、料金が安いの」

駐車場には、目立たない小型車が停《とま》っていた。絢子がキーを出して車のドアを開けたときだった。

「すみません……」

という声にびっくりして、二人が振り向くと、ブレザーの制服の、高校生らしい男の子と女の子がいつの間にかすぐそばに立っていたのである。

2　迷い道

柴田は、一瞬その二人が幻かと思った。

どう考えても、高校生がこんな時間に、こんな場所にいるのは不自然だったからだ。

しかし、ここで幽霊と出会うわけもないし……。

「何か用？」

と、永井絢子が二人に訊いた。

駐車場の薄暗い照明の下、その男の子と女の子は、いかにも心細げに見えた。

「あの……」

と言いかけたのは男の子だったが、その先の言葉が出て来ない。

女の子が、意を決したように、

「お願いがあるんです」

と言った。

「何かしら？」

「あの……お金を貸して下さい」

と、女の子は言った。

柴田と絢子は顔を見合せた。

その少年と少女は、学生鞄をさげて、どう見ても学校帰りという感じ。そして、どちらもごく普通の高校生にしか見えない。

「あなたたち、高校生？」

と、絢子が訊いた。

「はい」

と、男の子が肯《うなず》く。「二年生です」

「二人とも?　じゃ、十七歳?」

二人が肯く。

「でも――どうしてこんな所にいるの?」

二人がチラッと目を合せて、

「二人で……一緒にいたくて」

と、女の子が言った。「私、この人が好きなんです」

二人の手が互いを求め合うように、握り合った。

「そう……。でも、お金を借りて、どうするつもり?」

女の子がちょっと目を伏せて、

「貸して下さいって言いましたけど……。たぶんお返しできないと思います」

と言った。「二人で、どこか遠くへ行きたいんです」

「遠くへ、ね……」

「いくらでもいいんです。――電車賃さえあれば」

と、男の子が言った。

「しかし、もう終電に間に合わないよ」

と、柴田は言った。

二人は当惑した様子で、

「本当ですか」

「じゃあ……始発まで待ちます」

「ちょっと待って」

と、絢子は言った。「あなたたち、二人で駆け落ちしようってわけ?　十七歳で?」

「はい」

と、女の子が肯く。「私たち、本気です」

確かに、本気には違いないだろう。しかし大人が、こんな無茶を手助けするわけにはいかない……。


「――考え直して」

と、絢子は言った。「ね、まだそんなことするには、二人とも若過ぎるわ」

二人は、顔を見合せると、

「すみませんでした」

「お邪魔しました」

と、頭を下げて、立ち去ろうとした。

手をつないで歩いて行く二人の後ろ姿を見送っていた柴田は、

「君たち！」

と、呼び止めた。

二人が振り向く。

「君たち……。死ぬつもりじゃないのか」

と、柴田は言った。

二人はチラッと目を合せた。

「――分りません」

と、女の子は言った。「どうなるのか、私たちにも。でも、死ぬしかなくなったら、そうするかもしれません」

柴田は、絢子と顔を見合せた。

「まあ、ともかく落ちつけよ」

と、柴田は言った。「時間はあるんだろ？　少し話をしないか？」

それは眠気だったのかどうか、圭子《けいこ》には分らなかった。

ただ、疲れて頭がしびれているような気分だったのかもしれない。

それとも、そのカラオケスナックの空気が悪くて、酸欠状態になっていたのかもしれなかった。

ともかく、頭がボーッとして、何も考えられなかったことは事実だったのである。

ふっと我に返ったのは、客の女性の誰かが歌った、古いヒット曲のせいだった。

〈こんにちは、赤ちゃん〉

へえ……。こんな昔の歌を歌う人っているんだ。

圭子だって、一応知ってはいるが、まず自分で歌うことはない。

いや、もともと、安田《やすだ》圭子はカラオケというものが好きでないのだ。

でも……。

「あ……。今、何時？」

と、圭子は隣で水割りを飲んでいる西川《にしかわ》あゆみに訊いた。

自分で腕時計を見ればいいことなのだが、西川あゆみに対して、

「私、もう帰らなきゃ」

と、アピールする意味もあった。

「何言ってるの」

と、西川あゆみは言った。「今夜は帰らないんでしょ。そう言ったじゃないの」

「え？　私、そんなこと言った？」

「言ったわよ。だからここに腰を落ちつけてるんじゃない」

「待ってよ。私――そんなこと言ってない。ただ……酔っ払ってたのよ」

と、圭子は言った。「結《ゆい》が待ってるもの。帰らないと」

「だめだめ。――帰って、また旦那に殴られるの？」

スッと、酔いが覚めていく。

そうだった……。私は、酔った勢いで、宣言した。

「私、もう帰らない！」

と……。

「でも……結が……」

「少しご主人に心配させなきゃ。少しは、あなたのことを大切にしないと逃げられるって分れば、殴らなくなるわよ」

そんなものじゃない。

あゆみは独身だから分らないのだ。夫の暴力にさらされることの恐ろしさが。

浩次《こうじ》は、やさしい男だ。——圭子は今四十歳。夫の安田浩次は四つ年下だ。

結は今七つ。この春、小学校へ入った。

浩次が荒れるようになったのは、一年ほど前から。

きっかけは何だったのか。それが全く分らないから怖いのだ。

ある日、突然切れる。

圭子を殴り、けりつける。圭子はただ必死になって体を丸め、できるだけ小さくなっているしかない。

そして——また、突然、何の理由もなく、暴力は止む。

そして、浩次は泣いて圭子に詫びるのだ。

もう二度としないよ、許してくれ、と……。

でも、ひと月か、ふた月がたつと、また浩次は切れる……。

結も、もうそのことに気付いている。

前はよくパパについて歩いて、甘えた。

それが最近は休みの日でも、パパに寄りつかなくなった……。

圭子が今恐れているのは、夫の暴力が結に向かわないかということである。

もし、圭子が一晩帰らなかったら……。

そんなことは今まで一度もなかったのだから、何が起るか分らない。

「私、帰らなきゃ」

と、圭子はくり返した。「娘が心配なの」

「でも……」

と、西川あゆみは渋い表情で、「もう終電に間に合わないわよ」

「でも……走ってみるわ」

と、圭子は立ち上った。

めまいがして、よろける。

「ほら、無理よ」

「大丈夫……。外へ出れば、すっきりするから……」

と、圭子は言って、何とか店の出口へと向かった……。

そして、実際、外へ出て、ひんやりとした外気に触れ、何度か深呼吸すると、頭もはっきりして来た。

「ああ……。お金、払わなかった」

でも、今はもう店に戻りたくない。あゆみが払っておいてくれるだろう。

今度会ったとき、返せばいい。

西川あゆみは、圭子が以前勤めていた会社の同僚だ。——圭子が結を産んで退職してからも、こうしてときどき会っている。

あゆみは確か圭子より二つ年上の四十二歳だ。妻子のいる男性と、もう十年近く付合っていて、おかげで独身。

いい友だちだが、このところ、酔うとしつこくなって来て、圭子もやや敬遠気味だった。

それでも、浩次の暴力のことまで相談できるのは、あゆみくらいだったのだ……。

――駅へと、圭子は足どりを速めた。

途中、ケータイを取り出して見る。

夫から、一度もかかって来ていない。それが却《かえ》って怖かった。

自分からかける勇気はない。

駅へと急ぐと――改札口の辺りに、人が集まっていた。

何だろう？

でも、人がいるということは、まだ電車がなくなったわけではないのだろう。

「――どうしたんですか」

と、改札口へ着くと、圭子はそばにいた男性に訊いた。

「終電が遅れてるんですよ」

と、少し酒くさい息で、その男は言った。

「事故ですか」

「誰かが飛び込んだんですよ」

「飛び込み？　死んだんですか」

「さあね。――全く迷惑だ！　死ぬなら、人に迷惑かけないようにやってほしいね」

その男の言葉に、圭子は気が重くなった。

「でも……その人、きっと苦しんだんですよ」

と、圭子は言った。「追い詰められたら、人間、他の人のことなんか、考えていられません」

男は、圭子の言葉にちょっとびっくりした様子で、

「いや……そうですよね」

と言った。「すみません。――ひどいことを言ったな、僕は」

「あ……。いいえ、私こそ」

男と圭子は顔を見合せて、ちょっと笑った。

「――まだしばらく時間がかかりそうです」

と、駅員が汗をかきながら言っている。

集まった客たちは、口々に文句を言って、

「帰れなかったら、ホテル代、出してくれるのか！」

と言う者までいる。

隣の男は苦笑しながら、

「ああ言われちゃ可哀そうですね」

「本当ですわね」

「まあ……こっちは居酒屋で飲んでただけだ。あなたは？」

「私ですか？　友だちとカラオケに……」

二人は何となく駅から少し離れて、

「当分は動かないでしょう。一杯いかがです、その辺で」

と、男は言った。

「いえ、もう私、飲めないんです。もともと弱いので……」

「お酒じゃなくてもいいじゃありませんか。屋台のラーメンとか」

圭子は、そう言われて、お腹が空《す》いて来た。

「どこかご存じ？」

「その先にさっきありましたよ」

「じゃ、行ってみましょう」

どことといって変ったところのない、サラリーマンだ。

圭子はどこかふしぎな安心感を覚えながら、その男と一緒に歩いて行った。

「――ああ、あった」

と、男が言った。「急に腹が空いて来たな！」

「私も」

二人はラーメンの屋台へと足を速めた。

このとき、まだ圭子は、この男と「ラーメンを食べるだけ」だと思っていたのである……。

3　乾いた心

「ああ……」

と、安田圭子は思わず声を上げていた。「こんなにラーメンがおいしいと思ったのって、初めて！」

「全く」

と、男はスープをすって、「ここのは旨い。本当に旨いですよ」

屋台のラーメンには、高級フランス料理とは全く違う「旨さ」がある。比較もできないし、どっちが好きかは人それぞれだ。

「――お腹が空いてたってことを、やっと思い出しました」

と、圭子は笑って、「誘っていただいてありがとうございました」

「いやいや」

ごく平凡なサラリーマンという外見の中年男。圭子には、その落ちつきが羨《うらやま》しかった。

「一人で食べるのも寂しいですからね」

と、男は言って、「――僕は本多《ほんだ》といいます。『多い』という方の『多』です」

「安田圭子です」

と、小さく会釈して、「終電は出るんでしょうか」

「どうかな。しばらくかかると言ってたし……。少しして様子を見に行きましょう」

「はい。——ごちそうさま」

と、圭子が器を置く。

「袖口に」

「え？」

「袖口に汁が飛んでますよ」

本多という男は、ハンカチを出して、圭子の上着の袖口を拭った。「——落ちないな。帰ったら、洗った方が」

「どうも……」

圭子は、夫からそんな風に気をつかわれたことがない。

浩次は、暴力を振わないときはやさしい男だが、その「やさしさ」もあくまで自分が中心だ。

「——奥さん」

と、本多がちょっと眉を寄せて、「その手首のあざは……」

袖口から覗く手首に、あざが残っていたのだ。

圭子はあわてて、

「別に何でも……」

と、手を引込めた。

そして、

「どうして私を『奥さん』って？」

「指環《ゆびわ》が」

そうだった。左手のくすり指にリングをしたままだ。

本当なら、投げ捨ててしまいたいのに。結のことを考えるからだろうか。

本多の指には何もなかった。

「——お独りですか」

と、圭子は訊いた。

「ええ、まあ」

と、本多は少し照れたように、「逃げられて、というか……。離婚して、もう十年になります」

「そうですか……」

「ちょっと歩きませんか」

「ええ」

屋台を出て、二人は何となく歩き出したが、どちらもごく自然に、駅とは逆の方向へ向いていた。

「――主婦ですの」

と、圭子は言った。「以前はＯＬでしたが、娘を産んで、辞めてから……」

「しかし――その手首のあざは？」

「思い出したくないんです」

「奥さん。――それはご主人の暴力のせいじゃないんですか？」

面と向かってはっきり訊かれると、圭子も答えにくい。しかし本多は察したようで、

「諦めちゃいけませんよ」

と言った。「やり直せるんです、人生は」

思いもかけない言葉に、圭子は足を止めた。

諦めちゃいけない……。

そうだ。自分は諦めかけていた。これ以外の人生は存在しないと思い込んでいた……。

「すみません」

と、本多は圭子が立ち止ったのを見て、振り向くと、「余計なことを言って」

圭子は首を振った。

何かが体の奥から噴き上げてくる。それは、長く張りつめていた緊張を、春の陽が氷を解かすようにほぐして行った。

「奥さん……。大丈夫ですか？」

圭子は泣いていた。

悲しくて泣いたのではない。安堵《あんど》の思いが、

一気に涙になって溢れていたのだ。

「すみません……。僕がつい――」

と言いかけた本多へ、圭子は抱きついた。

「奥さん……」

「黙って」

と、圭子は涙声で、「このままにさせて……」

本多は戸惑ったように、そっと圭子を抱いていた。――道は薄暗いが、人通りがないわけではなく、誰もがチラチラと二人の方を見て通って行く。

「ごめんなさい……」

圭子はやっと顔を上げて、「背広が濡れちゃって……」

「いや、いいですよ。もう大丈夫?」

「はい。――すみません。何だか……急にホッとしたら、涙が出て」

「それなら良かった。悪いことを言って、傷つけてしまったかと思って」

「そんなんじゃありません」

「泣くぐらい、どうってことないですよ。僕も、女房と別れるとき、大変でしたからね」

と、本多は微笑んだ。「涙を拭《ふ》いて。――駅に行ってみますか?」

圭子は少し黙っていたが、

「もう少し、このまま歩いていたい。――いいですか?」


「そんな偶然って、あるんだわね……」

と、永井絢子は言った。

柴田は、しかし、永井絢子とはまた違う感慨を抱いていた。

もちろん、「運命のいたずら」とでも言うべき、少年少女の出会いのことは分る。しかし、その二人を、いわば「敵同士」にした大人の都合に、胸を抉《えぐ》られる気がした……。

――ほの暗い店の中、少年と少女は並んで座り、紅茶を飲んでいた。

二人の話は、それぞれに「子供」が負うには重過ぎるものだった……。

少年の名は常田治《つねだおさむ》。少女は三神彩《みかみあや》。

ともに十七歳。常田治は都立の高校に、三神彩は私立の名門女子高校へ通っている。

その出来事は、二人が生れる何年も前に起っていた……。

二人の父親たちは、幼なじみで、共に映像の仕事に興味を持ち、一緒にTVドラマやドキュメンタリーの製作を手がける会社に入った。

自前の製作スタッフを持ち、良心的な作品を作ることで知られた会社だった。

二人は仕事に打ち込み、腕をみがいて行った。

やがて、二人の才能の質の違いがはっきりして来た。そして、入社十年ほどして、常田広吉《こうきち》は現場スタッフとして、三神久士《ひさし》はプロデューサーとして活動するようになる。

それでも、二人は親友同士で、互いの仲は少しも変らなかった。

同じころに結婚もした。――そのころから、会社の経営が行き詰り始めた。

会社は、現場スタッフを半分に減らす方針を打ち出した。むろん、クビを切られる側は怒った。

常田は、スタッフの代表として、会社側の三神と対立することになった……。

ある夜、三神が常田の家を訪ねて来て、

「ちょっと出よう」

と誘った。

二人は、昔のように飲みながら話した。

「分ってくれ」

と、三神は言った。「今、手を打たないと会社は潰れる。それは困るだろ?」

「ああ、しかし――」

「聞いてくれ」

と、三神は言った。「俺は社長にかけ合った。スタッフの半分は契約制にすることで、社長も納得した」

「契約制?」

「つまり、一本ごとの契約だ。一本につきいくら、ということになる」

「給料はないってことだな」

「その代り、うちの仕事がないときは、よその仕事を引き受けても自由だ。――むしろ、そっちの収入の方がいいかもしれんぞ。うちのスタッフは評価が高い」

その点は常田も自信があった。実際に、今でも方々から、

「うちの仕事を手伝ってくれ」

と、声がかかる。

「――どうだ、常田」

と、三神は常田の肩を抱いて、「この条件で、みんなを説得してくれないか。頼む!」

かつて、同じ志を持って働いた仲間だ。

常田は、三神の話を呑むことにした。

スタッフの間でも、常田は信用されていた。会社との交渉は和解でまとまり、主なスタッフの半分は、「契約制」ということになった。

常田は三神から、

「お前は社員として残す」

と言われたが、

「それじゃ仲間を裏切ることになる」

と断って、契約制の立場になった。

初めの間、収入はそう変らなかったが、やがて一年もすると、会社での仕事は減って来た。

常田は、大手のプロダクションに誘われて、そこの仕事をすることにした。

そこの現場で一週間ほどたったとき、突然会社から、

「うちの仕事が入るから戻れ」

と、連絡が来たのだ。

会社との契約の中に、「自社の仕事を優先する」という一項があったので、常田は事情を話して詫び、会社へ戻った。

ところが、会社での「仕事」は、現場とは関係ないPRの手伝いで、大した金にはならなかった。

三神に文句を言おうとしたが、三神はもう副社長になっており、会う機会がなかった。

そして二、三か月後、常田は別のTV局から大きな仕事を任されることになり、張り切って出向いた。

ところが、そこでも一週間ほどすると、会社から呼び戻されてしまう。

——常田も、やっと気付いた。

これは会社の「クビ切り」なのだ。

外部の仕事をいつも途中で放り出していては、信用を失う。

いずれ怒って自分から辞めるだろう。——会社はそれを狙っているのだ。

常田以外の契約制のスタッフも、同じ目にあ

って次々に辞めて行った。「契約違反」ということになって、退職金などはもちろん出ない。辞めた翌日から食べていけなくなる者も少なくなかった。——常田は、三神の口車にのせられた自分が情なかった。

そして、三神は立派な邸宅を建て、ついに社長になった……。

常田は仲間たちから恨まれ、自分を許せない思いから酒に溺れた。

そんなころ、治が生れた。

そして時を同じくして、三神彩も生れていたのである……。

「ひどい話だ」

と、柴田は言った。

「それで、お父さんは？」

と、永井絢子が訊いた。

「父は……今、アル中の治療施設です」

と、常田治は言った。「母が、ずっと働いて、一家三人の暮しを支えています」

「私の父は——」

と、三神彩は言った。「三つの会社の社長を兼ねてます。母は毎日遊び歩いて……」

「君のせいじゃないよ」

と、治は言った。

「でも……」

「世の中、色んなことがあるのよ」

と、永井絢子は言った。「二人は、どうして知り合ったの？」

若い二人の表情が、やっと少し柔らいだ。

「本当に、ちょっとしたことだったんです

……」

と、常田治が少し恥ずかしそうに、口を開いた……。

4　スポットライト

幕が開くと、一瞬客席にどよめきが起った。

そこには、一七世紀のヨーロッパの宮殿が確かに存在して見えたのである。

椅子の一つ一つ、どっしりとした机、背景の壁画、銀の食器……。

どれを取っても、安手なまがい物でないことは一目で分った。

「大臣。国民の要求は、一口に言うと、どういうことなのですか？」

と、中央の玉座にかけた女王が言った。

「恐れ入りますが、陛下」

と、大臣が答える。「民の求めるものを一口ではとても申し上げられません」

「私は一口で言いなさいと命じたのですよ」

と、女王は威丈高《いたけだか》に言った。

「一口に申しますと——」

と、大臣は穏やかに言った。「民の求めているのは、陛下の首でございます」

——よし、充分に効果はあった。

舞台の袖にいて、三神彩は満足げに肯いた。

スタートは上々だ。

三神彩は奥へ入ると、

「美保《みほ》ちゃん、セリフのきっかけ、気を付けてね」

と、一年生の部員に注意した。

「はい！」

「うまく行ってるよ、今のところ」

三神彩は、平然としている風を装っていたが、背中を汗が伝い落ちていた。

この日のために、何か月もかけて来た。テストも、学校行事も、ちゃんとこなしつつ、〈高校演劇祭〉での上演に懸けてやって来たのだ。緊張するなと言われても無理だろう……。

「第一場、もうすぐ終ります」

と、小道具の担当が声をかける。

「はい、すぐ出られるように準備ね」

彩は舞台監督である。

本当なら、

「主役の女王役を」

と、みんなから言われ、顧問の先生にもそう勧められていたが、彩自身、

「私、舞台の袖にいるのが好きなんです」

と主張したのだ。

目立つことが嫌いというわけではない。

スポットライトを浴びる快感も、一年生のときには味わって、忘れられない。でも、今は全員を把握して、きちんと予定通り動かす快感には、何も勝てないと感じている……。

「――はい、装置入れ換え！」

ポンと手を叩くと、一年生の数人が素早く舞台へ出て、重い椅子や机を運び出す。

くり返し練習しただけあって、場の転換もスムーズだった。

他の高校は、台本と演技には力を入れるが、道具や転換はどうしても後回しにされ、うまく行かないことが多い。

その点、彩のいる学校は部員も多く、お金があるので、こうして本物の重厚な椅子や机が使えるのだ。

「——ちょっと！　髪が乱れてる」

と、彩は出を控えている子に注意した。

出演する子は、セリフを忘れることばかり心配しているので、髪や衣裳の細かいところまで気が回らないのだ。

——上演時間も、制限の五〇分一杯ではなく、四五分で終るように作ってある。

どこの高校も、五〇分の枠を一杯に使おうとするので、途中、ちょっとでも手違いがあってもたつくと、制限時間をオーバーしてしまうのだ。

「はい、あと一場よ。——気持を引き締めて」

と、彩は声をかけた。「時間は？」

「一分早く行ってます」

と、時計を見ている子が言った。

どうしても舞台ではあがってしまうので、つい早口になる。一分なら上出来だ。

「はい、雪の準備」

王位を追われた女王が、見すぼらしい衣裳でさすらうところへ、雪が降ってくる。

やがて力尽きて倒れる女王。その上に静かに降りつもる雪。

むろん紙を細かく切った雪だが、その降らせ方にも工夫がいる。

——予想以上にうまく行った。

照明が少しずつ絞られて、暗い舞台に、ただ倒れた女王が雪に覆われて行く姿だけ浮かび上る。

「——幕」

と、彩は合図した。

やった！　四四分四〇秒。

大きな拍手が湧いた。

「ご苦労さん。——カーテンコール」

彩は冷静だった。むろん、体は熱くなっていたが、審査員に好印象を与えた自信はあった。

拍手は、他校に比べても明らかに大きく、

「これはプロ並みの仕事だ」

という思いが伝わって来る。

「——はい、すぐ片付けて！　掃除機！」

舞台上をきれいに片付けて、次の高校へと渡さなくてはならない。

雪は掃除機で吸い取る。

片付けも整然と終った。

「どうぞ」

彩は、次の出番の高校生たちへ声をかけて、楽屋へと戻った。

「片付けもお芝居の内」

と、彩は一年生に仕込んでいた。


「——評判上々よ」

と、顧問の先生に言われて、彩は内心鼻が高かった……。

すべての片付けも終って、彩は客席へそっと入って行った。

どこか、普通でない空気だった。

舞台では、何もない空っぽの空間に、ただ古い椅子が一つだけ置かれて、普段着の男の子たちが、激しく訴えかけるようなセリフを怒鳴《どな》っていた。

高校演劇では珍しくないパターンである。

しかし、この舞台は、どこか違っていた。

見ている内、彩は引き込まれて行った。

内容に切実感があった。今の高校生が、いつもさらされている圧迫と、やりきれなさが、肌で感じられる。

彩は、見ている内に圧倒され、形だけきれいに整っている自分たちの芝居が恥ずかしくなった。

この人たち、凄い！

そのとき、舞台で、思いを叩きつけるように演技していたのが、常田治だった……。

——その日、第一位になったのは彩たちの高校だった。

大人の審査員たちにとっては、彩たちの舞台の完成度の高さが評価できたのだろう。

しかし、彩は、第二位になった常田たちの舞台に負けたと思っていた……。

表彰式の後、打上げに行くので会場の外で待っていた彩は、出て来た常田と顔を合せたのである。

「——おめでとう」

と、常田は言った。

「いいえ。あなた方の方がずっとすばらしかった」

と、彩は言った。「打上げは？」

「いや、バイトがあるんだ」

と、常田は言った。「遅れると、賃金差し引かれるんでね」

彩はちょっと言葉に詰った。

「それじゃ」

と、行きかけた常田へ、

「待って」

と、彩は声をかけた。「一度会ってくれない？」

「何だったんでしょうね……」

と、安田圭子は呟くように言った。

「さあね」

と、本多は息をついて、「少なくとも、お互い、ひと目惚れでなかったことは確かですね」

少し間があって、圭子は笑ってしまった。

「——本当にね」

でも、今、圭子は本多と肌を触れ合って寝ている。

小さなホテル——そこは、永井絢子が常務の黒木と入った同じホテルだった。

「ああ……」

と、圭子は伸びをして、「何だか、とてもスッキリしました」

「それは良かった」

本多は微笑んで、「少しはお役に立ったようですね」

「すみません。何だか私のわがままで……」

「いや、こちらは別に……。久しぶりです。女性の肌に触れたのは」

「まあ……。恋人の一人や二人、いらっしゃるでしょ?」

「いいえ、さっぱりですよ。それに——もう面倒になって」

「あら、もったいない」

「そう言ってくれるのは、あなたくらいです」

二人はベッドの中で身を寄せ合った。

「——もう終電は出たのかしら」

「さあ……。帰りますか?」

「主人のことはいいんですけど、娘のことが……」

「そうですね。出ましょう」

と、本多は起き上った。「タクシーで帰っては?」

「とんでもなくお金がかかります」

「それくらいは僕が出します。今日のお礼に」

「そんなわけには……」

「娘さんが寂しがってるかもしれませんよ」

「――そうですね」

圭子は肯いて、「じゃ、お借りします」

「では、出るとしましょう」

およそ「恋人同士」らしくない、さっぱりとした終りだった。


「ふしぎな縁だったのね」

と、永井絢子は言った。

「ええ」

と、彩は肯いて、「その後、ときどき会うようになって……」

「でも、まさか父親同士が……」

と、常田治が言った。

「いつ、それが分ったの？」

と、絢子が訊いた。

「色々しゃべっている内に、どっちも父親が映像関係の仕事をしていたって分って」

と、常田が言った。

「私が、父に訊いたんです」

と、彩が言った。


「常田広吉さんって、知ってる？」

彩の言葉に、三神久士は食事の手を止めて、しばらく動かなかった。

彩の方が面食らって、

「――どうしたの、お父さん？」

三神久士は、

「今――何と言った？」

と、娘に訊き返した。

「知ってるかなと思って。常田さんって人」

「お前がどうしてその名前を知ってるんだ？」

「じゃ、知ってるの？」

「――ああ。以前は同じ会社にいた」

「へえ」

彩もびっくりした。「この間の〈高校演劇祭〉でね、その人の息子さんと会ったの」

「息子？」

「うん。凄く才能のある人だわ」

「それで……俺のことを話したのか」

「話したって……。普通に、こういう会社をやってるって言っただけ」

「あなた」

と、母親が言った。「それって、あの常田さんのこと？」

「そうだろうな」

彩は、食卓の空気がぎこちなくなっているのに気付いた。

「お父さん――」

「もうその名前は口に出すな」

と、三神久士は遮った。「二度とだ」

彩は「常田」の名が、父の奥深い傷に触れたことに気付いた。

何があったんだろう？

彩は、その常田の息子と付合っているとは言えなくなってしまった……。

5　焦り

「またいらしてね！」

と、加代子《かよこ》は客の背中へ呼びかけた。「ありがとうございました！」

　店の中へ戻ると、もう客は一人も残っていない。

「どうします、ママ？」

　と、欠伸《あくび》をかみ殺しながら、まだ新人のホステス、ルミが言った。

「そうね。もうお客も来ないでしょ」

　と、加代子は言った。「今夜は閉めましょうか」

「嬉しい！　帰れるんだ」

　と、ルミは伸びをした。

「お客が来ないのを喜んでちゃ仕方ないでしょ」

　と、加代子は苦笑した。「片付けはやるから、帰っていいわよ」

「すみません！　それじゃ」

　ルミはちっとも「すまない」と思っていない様子で、さっさと帰り仕度をして、

「じゃ、ママ、また明日」

「お疲れさま」

　——正直なところ、「帰っていい」と言われても、片付けを手伝うくらいのことはするものだ、と思う。しかし、今の若い子にそう要求してもむだなことなのだ。

　それでも、小言を言えばすぐに辞めてしまうから、何も言えない。

　加代子は、飲みかけていたビールのグラスを取って、残りを飲み干した。

　バー〈K〉は、五人も入れば一杯の、小さな店である。

　それでも、一時は入り切れなくて断ることが多かった。しかしこの不況は長く続き、客は目

立って減っている。

加代子はカウンターの中へ入って、置いてあった小さな椅子に腰をかけた。

五十歳が近くなるにつれ、疲れは消えていく前にたまって行く。

でも——頑張らなければ。

夫の常田広吉の入院費、息子治の学費……。治は精一杯アルバイトで稼いでくれる。しかし、まだ高校二年生なのだ。

本当なら、好きな演劇に打ち込んだり、スポーツに夢中になっている年ごろだ。

仕方ない。夫に全く収入がないのでは、とても、このバーの収入だけではやっていけないのである……。

「帰るかな……」

と、むくんだ足をさすりながら呟いていると、突然入口のドアが開いた。

「いらっしゃいませ」

と、反射的に言って振り向いた加代子は、いきなり肩をギュッとつかまれてびっくりした。

「娘をどうした！」

と、その男は怒鳴った。「娘をどこへやったんだ！」

「何するの！」

と、加代子は男を押し戻して、「何なのよ、いきなり」

「とぼけるな！　娘をどこかへ連れてったんだろう！」

男は逆上していた。

「一体何の話？　あんた、誰なの？」

と、加代子は言って……。

メガネをかけ、太ったその男を見ている内、

「――もしかして、三神さん？」

と、信じられない思いで口にしていた。

あのやせぎすだった三神が、こんなにでっぷりと太ってしまうなんて……。

「ああ、三神だ」

と、メガネを直して、「忘れたのか」

「忘れるもんですか」

と、加代子は言い返した。「でも記憶の中のあなたは、もっと細かったんでね」

「大きなお世話だ。――年齢《とし》を取って、どっちも変ったんだ」

と、三神久士は息を荒くして言った。

「そりゃあ、私だって老けたでしょ。苦労したからね」

と、加代子は息をついて、「どうしたっていうんですか？　こんな時間に突然……」

「加代子さん」

と、三神は言った。「俺を恨んでるだろう。気持は分る。だが、娘には何の関係もないことだ」

「待って」

と、加代子は止めて、「娘さんって、彩ちゃんでしたっけ？　あの子のこと？　あの子がどうしたっていうんですか」

「知らないのか？　――本当に？」

「何の話ですか」

「あんたの息子だ」

「治ですか」

「ああ。俺の娘をたぶらかした」

「何ですって？」

正直、加代子も啞然とした。「治が彩ちゃんと？」

「ああ、やっぱり演劇をやってるとかで、一緒の大会に出たと言ってた」

「治は演劇をやってます。彩ちゃんも？　そんなこと、初耳です」

と、加代子はカウンターにもたれて、「いいですか。どういうつもりか知りませんけど、うちは亭主がアル中治療で入院したきりで、一円の稼ぎもないんです。私がこの小さなバーをやって、治もアルバイトで、うちの生活費を稼いでます。そんな、女の子がどうとか言ってられる余裕なんかありませんよ」

加代子の話に、三神も多少落ちつきを取り戻した様子だった。

「――いきなりで悪かった」

と、一応詫びると、「しかし、彩がこんな時間になっても帰らない。連絡も取れない。こんなことは一度もなかったんだ」

「夜遊びくらいするでしょ、十七歳なら」

「あの子は違う！」

「親だって、二十四時間、子供を見張ってられるわけじゃありませんよ」

「分ってる。しかし……あんたの息子と付合ってるのは事実なんだ」

と、三神は言った。

「そうですか……。待って下さい。家に電話してみます」

加代子は、自分のケータイを取り出すと、自宅の電話へかけた。

しばらく鳴らしていたが、

「――出ないわ」

「ケータイは？」

「あの子は持ってません。そんな余裕ありませんから」

「じゃ、どこへ行ったか、見当つかないか」

加代子も、やや不安になって来た。

「店を閉めて、帰ります。一緒に来ますか？」

「ああ、もちろんだ」

ケータイの鳴る音がして、三神がポケットから取り出す。「——俺だ。——いや、分らない。連絡ないんだな。——そうか。机の引出しとか、手紙のようなものでもないか、探してみろ」

加代子はコートをはおって来ると、

「真世《まよ》さん？」

と訊いた。

「うん」

「もうずいぶん顔を見てないわね。——お子さんは一人？」

「そうだ」

「じゃ、一人っ子同士ね。——偶然とはいえ、皮肉なものね」

「家へ行こう」

「ボロアパートですよ」

と、加代子は言った。「先に出て下さい。鍵をかけますから」

「すみません」

と、安田圭子は言った。

「もう三回目ですよ」

と、本多は笑って、「何度謝れば気がすむんですか」

タクシーは、高速をスムーズに走っていた。

「この調子なら、三〇分くらいで着きそうだ」

「ええ……。勇気がなくて、私」

と、圭子は首を振って言った。「結を連れて出て行ければいいのに……」

「母親と子供だけが生活していくのは、容易なことじゃないですよ」

――暴力を振う夫、安田浩次と娘の結の待つわが家へ帰る。

本多はタクシー代を出してくれることになったのだが、いざタクシーに乗るときになって、圭子が、

「一緒に来て」

と、本多の腕にすがりつくようにして言ったのだった……。

「僕はどうせ一人暮しですからね。構いませんよ」

と、本多は言った。

「今夜初めて会ったあなたが、夫よりずっと近くに感じます」

「買いかぶらないで下さい。こっちは離婚された方だ」

「でも――奥様を殴りはしなかったでしょ?」

「まあね。暴力を振うのは、弱味を見せたくないからでしょうね。そうしないと、相手をつなぎとめておけないという不安と……」

「夫も、悪い人じゃないんですけど」

「いけませんよ」

と、本多が言った。「そんな風に考えたら、また同じことのくり返しです。暴力を振っていないときはいい人だ、なんて当り前のことなんですから」

「――そうですね」

と、圭子は肯いた。「そんな風におっしゃって下さったの、あなたが初めてです」

圭子は本多の手を握った。

やがて、タクシーは郊外の団地へと入って行った。

「――その奥です」

と、圭子はいくつも立ち並ぶ棟の間の道を指した。

タクシーが停ると、本多も一緒に降りて、

「待っててくれ」

と、運転手に声をかけた。

「一緒に行って下さる?」

「お宅の前まで行って、少し様子を見ていますよ」

「ありがとう」

圭子は、その棟の中へと先に立って入って行ったが、エレベーターの前にパジャマを着た結がうずくまっているのを見て、息を呑んだ。

「結! どうしたの!」

駆け寄って抱き上げると、結は黙ってしがみついて来た。

「娘さん?」

「ええ。――どうしたの、結? パパは?」

結は答えずに、ただ怯えたように母親に抱きついて来るばかり。

「変ですわ」

「見て来た方がいい。――一緒に行きましょう」

「ええ」

エレベーターに乗ろうとすると、結が突然、

「いやだ!」

と叫んだ。

「結――」

「やだ! やだ!」

「分ったわ。分ったから……」

と、一旦エレベーターから離れる。

本多は少し考えていたが、

「僕が見て来ましょう。鍵を貸して下さい」

「でも……」

「説明は何とでもつきますよ。娘さんがそんなに怯えているのは普通じゃない」

「はい」

圭子はバッグからキーホルダーを出して渡し、

「〈503〉です」

「分りました。ここにいて下さい」

本多はエレベーターに乗ろうとして、

「あれは?」

サイレンが聞こえた。パトカーだ。

「こっちへ来ますね」

サイレンはどんどん近付いて来て、本多たちのいる棟の前にパトカーが停ったのである。

6 流血

「何でしょう?」

と、安田圭子は思わず本多の腕をつかんだ。

パトカーから、警官が二人降りて来ると、圭子たちの方へと小走りにやって来た。

「通報した方ですか?」

と訊かれて、圭子は本多の腕を離すと、

「いえ、私は今帰ってきたところで……。何があったんでしょう?」

「さあ。ともかく、ここの棟の〈503〉で悲鳴が聞こえたという電話が」

「〈503〉って、うちです」

「奥さんですか?」

「はい、あの……遅くなってしまって、私

「……」

　と、どう説明したものか迷っていると、

「私は本多といいます。ここの者じゃありませんが、こちらの奥さんをタクシーで送って来て――。そうだ。表に待っているタクシーで、つい今しがた、ここへ着いたところです」

「分りました。そのお子さんは？」

「うちの娘です。帰って来たら、ここにいたので、びっくりして……」

「ともかく、〈503〉の様子を見ましょう」

　と、警官が促した。

「はい」

　エレベーターで一緒に五階へ上った。

　廊下に、近くの部屋の住人が五、六人集まっていた。

「まあ、奥さん！」

「すみません。電車の事故で、帰りが遅れて……」

「じゃ、あなたじゃなかったのね。良かったわ。心配してたのよ」

「警察へ通報されたのは？」

「私です」

　と、隣のご主人が手を上げた。「あの悲鳴は、普通じゃなかったので」

「中へ入りましょう」

「鍵がかかってますよ」

「じゃ……」

　本多が預かっていた鍵を警官へ渡した。

　警官が鍵を開け、

「安田さん。――入りますよ。警察です。安田さん」

　と、呼びかけながらドアを開けた。

返事はなかった。

「ご主人一人ですか？」

「そのはずですが……。ただ、娘がどうして出て来たのか。今、怯えて何も言わないんです」

「では中へ入らせてもらいます」

「はい、お願いします」

結をしっかり抱き寄せて、圭子は廊下に集まった近所の人々の好奇の目を感じていた。

妻がよその男と二人で、こんな時間に帰って来たのだ。――当然二人の仲に想像をめぐらせる。

圭子は本多に、申し訳ないことをしたと思った。――あんな成り行きで関係は持ったが、本多には何の係《かかわ》りもないことだ。

しかし、果して人がそのことを信じてくれるかどうか……。

「奥さん！」

と、警官に呼ばれた。

「はい！」

中へ入ろうとしたが、結がしがみついて来る。

「大丈夫だよ」

と、本多がしゃがみ込んで、結の手を取った。

「お母さんは、どこにも行かない」

結は目をパチクリさせながら本多を見て、母親を離した。

「すみません」

と、本多の方へ会釈して、圭子は部屋へ上った。

「あの――主人は」

と、居間へ入ると、

「それを見て下さい」

と促されて、ダイニングキッチンを覗き、立ちすくんだ。

「それって……血でしょうか」

ビニタイルの床に、血が広がっている。

「そのようですね」

と、警官は言った。「中を調べます」

「はい……」

圭子は立ちすくんだまま、じっとその血だまりを見下ろしていた。

もとより、調べるといっても大して広い部屋ではない。夫、安田浩次の姿はどこにも見当らなかった。

「いないようですね」

警官は首を振って、「お子さんは、何か見たんですか？」

「さあ……。何も話さないので」

「ともかく、何も手をつけないで下さい。いいですね」

「はい……」

一体何があったのだろう？

圭子は途方にくれて立っていた。

「帰ってないわ」

常田加代子は、アパートの明りをつけて言った。

「——上るぞ」

と、三神久士は玄関で言った。

「どうぞ。これしかない部屋ですから」

加代子はカーテンを引くと、「学校から帰ったら、カーテンを必ず閉めてますからね。今日は帰ってないんだわ」

三神は六畳間へ入ると、治の勉強机の引出しを開け、中をかき回し始めた。

「何してるんですか!」

と、加代子は駆け寄って、「勝手なことしないで!」

「彩の手紙か何かないか、探すんだ」

「私が探します。——刑事でもないのに、何だと思ってるんですか!」

三神は、加代子のほとんど捨身の怒りに押されて手を引いた。

加代子は、引出しの中の手紙やメモを見て行った。

三神は六畳と台所だけの狭い部屋の中を見回して、

「いつからここに?」

と訊いた。

「もう……五、六年かしら」

「常田は、全然帰って来ないのか」

加代子はチラッと三神を見て、

「入院したままです。心の傷は、そう簡単には治らないんですよ」

三神は渋い顔で、

「仕方なかったんだ……。立場が逆なら、常田だって同じことをしたさ」

「やるもんですか。あんな卑劣なことを」

「しかし、俺は会社が潰れるのを防いだ」

「そのためには何をしてもよかった、と?」

「おとなしく辞めてくれれば、あんなことをせずに済んだ」

「勝手なことを」

と、加代子は苦笑した。「——何もありませんよ」

「しかし、あんたの息子が彩と一緒なのは間違いない」

「待って」

加代子は自分の手帳を開いて、「――バイト先に電話してみます。遅くても、こんな時間になることはありませんが」

「アルバイトか」

「私の稼ぎじゃ、学校のお金も出してやれませんからね」

三神は畳にあぐらをかくと、

「――どこにいるんだ」

と呟いた。

「本当に申し訳ありません」

と、圭子は頭を下げた。

「いや、どうということじゃありませんよ」

と、本多は言った。「しかし――今夜はどうするんです？」

「困りました……。結もいますし」

と、圭子は戸惑って、「でも、ここで寝るわけには……」

「どこかホテルはないんですか」

「この辺だと……。高速の下り口に、ラブホテルはありますが」

「そうか」

本多は肩をすくめて、「仕方ないでしょう。泊れればいいんですから」

「はあ……」

血痕を残して、安田浩次は姿を消していた――。

警官は、圭子と本多を初め信用していないようだったが、待たせておいたタクシーの運転手の証言で、本当に二人が着いたばかりだったと分り、態度が変った。

「しかし、タクシーを待たせといて良かったな」

と、本多は言った。

「ええ、本当に」

圭子も少し気は楽になっていた。「じゃ、ホテルへ行って泊りますわ」

「それがいい。――仕度して下さい。またタクシーを呼びましょう」

――捜査は、死体があるわけでもないので明日改めて、ということになった。

結は相変らず何も言わない。

「もう半分眠ってます」

と、パジャマの上に毛布を巻いて抱き上げた。

本多が近くのタクシーを電話で呼んで、

「――五分ほどで来るそうです。あなたをホテルの前で降ろして、僕は帰ります」

「本当に何とお詫びしていいか……」

「さあ、下へ下りていましょう」

結を抱いた圭子は、本多と一緒に部屋を出た。

「――寒いな」

と、本多は首をすぼめた。

タクシーがすぐにやって来て、三人は乗り込むと、インターチェンジ付近のホテルへと向かった。

「でも……何があったんでしょう？」

と、タクシーの中で圭子は言った。

「さあ……。しかし、あれだけ捜しても、あの近くにはいなかったんだ」

「ええ……」

「明日、また警察が調べてくれますよ」

もう結はすっかり眠り込んでいた。

「あ、ケータイが」

圭子のバッグでケータイが鳴り出した。

「出しましょう」

本多がバッグを開けて、ケータイを取り出し、圭子に渡した。

「――もしもし」

と、圭子は出て、「あなた！　どこにいるの？」

夫だった。

「圭子……。今、家か？」

と、安田浩次は言った。

「帰ったら、台所に――」

「分ってる。すまない」

「あなた……。何があったの？」

しばらく安田は答えなかった。

「もしもし？　あなた？」

「圭子、助けてくれ！」

安田の声は震えていた。

「あなた……」

「俺は……人を殺してしまった」

圭子は青ざめた。

「それって……」

「女が……やって来たんだ」

「女？」

「ここ半年ほど……付合ってた女だ」

「まあ……」

「突然やって来て、お前に会うまで帰らない、と言い出した。俺は――争いになって、女が俺を殴ったんでカッとして……」

「あなた……」

「女をかついで、家を出た。――車があったから、それで……」

「それで……今、どこに？」

「どこか、山の中だ」

「山って……この辺の？」

「圭子……。助けてくれ！　殺すつもりはなかったんだ！」

半ば呆然として、圭子は本多を見た。

本多は、圭子の言葉と様子で、何かあったと察していた。

「――どのホテルにします？」

と、運転手がのんびりと訊く。

「どこでもいい。新しい所がいいな」

と、本多は言った。

「誰か一緒なのか」

と、安田が言った。

「タクシーの中なの。他の方とご一緒で」

と、圭子は適当に答えて、「ともかく、少し待って。こっちからかけるわ」

通話を切ると、圭子は手が震えていた。

運転手がいるのに、「人殺し」の話はできない。

タクシーはホテルの前につけて停った。

7　迷路

ホテルの前でタクシーを降りると、安田圭子は、

「ありがとうございました」

と、本多へ礼を言った。「もうお帰りになって下さい」

「はあ……」

本多は少し迷っていたが、「ここで降りましょう」

と、財布を取り出し、タクシー代を払った。

「でも……」

「入りましょう。——さあ」

タクシーが行ってしまうと、

「すみません」

と、圭子は言った。「どうしたらいいのか、分りません」

「結ちゃんが寝ている。ともかく部屋を取って入りましょう」

——薄暗い照明の部屋へ入ると、圭子は大きなベッドに結を寝かせて、やっと息をついた。

「何があったんです?」

と、本多は訊いた。

「実は……」

夫が女を殺したと言っている。——圭子の話を聞いて、

「それは大変なことになりましたね」

と、本多もさすがに唖然としている。

「どうしたらいいんでしょう? 主人は電話を待っています」

「しかし、山の中といえば、いくら近くでも一時間ぐらいはかかるでしょう」

「助けてくれと言われても……」

圭子は途方にくれた。

「ご主人は確かに女を殺したと言ったんですね?」

「ええ」

「そうなると……。あなたが、どうするか決めなくては」

「決める、といって……」

「ご主人を助けるといっても、逃げるのに手を貸せば、あなたも罪になる。それに、いずれ捕まってしまうでしょう。それならいっそ警察へ連絡することです」

「主人を……逮捕させるんですか」

「ええ。——ご主人とあなたと、二人が捕まってしまったら、結ちゃんはどうなります？」

そのひと言は、圭子にショックを与えたようだった。

圭子はしばらく黙り込んでしまった。本多も急がせなかった。

「——あんな人ですが、結の父親です」

と、やっと圭子は口を開いた。「あなたのおっしゃる通りだということは分るんですが」

「いや、あなたの気持も分りますよ」

「あの人に——自首させたいんです」

と、圭子は言った。「捕まるのと、自首するのでは、子供にとってもずいぶん違うと思うんです」

「確かに」

と、本多は肯いた。

しかし、もちろん圭子にも分っていたのだ。自首をすすめても、夫がそれを聞き入れなかったらどうなるか。その可能性も充分にあるということが……。

「主人に電話してみます」

と、圭子はケータイを手にした。

夫のケータイへかけると、向こうは待っていたのだろう。すぐに出た。

「あなた——。私、考えたんだけど……」

圭子が自首してくれと頼んでも、安田はほとんど耳にも入っていない様子で、

「頼む。金を持って来てくれ」

と、くり返すばかりだった。

「無理よ。こんな時間に、お金なんて下ろせないし」

と、圭子は精一杯言い返した。「それに、結もいるのに、どうやってお金を持って行くの?」

「そうだな……」

安田も少し冷静になったようだったが、「じゃ、俺が車でどこか近くまで行く。朝になったら、銀行で金を下ろして来てくれ」

「そんな……」

「頼むよ。お前――今、家なのか?」

「血だまりがあるのに、いられないでしょ。今……ご近所の方の所に泊めていただいてるの」

「じゃ、駅の近くの駐車場あるだろ。あそこに行って、車の中で待ってる」

「あなた――」

「頼むぞ」

「待って! もしもし!」

切れてしまった。

圭子は、本多の方を見て、

「すみません……」

と、うなだれた。「これ以上強くは言えませんでした」

「ご主人は何と?」

本多は、圭子の話を聞くと、「――どうします? お金を持って行くか、それとも警察へ届けるか」

圭子は答えられずに両手で顔を覆った。

「いや……すみませんでした」

と、本多は圭子の肩を抱いて、「あなたを追い詰める権利など、僕にはなかった」

「いえ……。でも、やっぱりあの人を警察へ引き渡すのは……」

「分ります」

と、本多は肯いて、「じゃ、銀行でお金を下ろして、持って行くといい。それだけなら、後で罪にならないで済むでしょう。何も知らなかったと言い張ればいい」

「それで——済むでしょうか」

「やってみることです」

本多は言った。「今は疲れている。あなたも眠った方がいいですよ」

「ありがとう……」

「僕は、タクシーを探して帰ります。ホテル代は払ってあるし」

「本当に……ご迷惑をかけて」

と、圭子は深々と頭を下げた。

「いや、成り行きですよ」

と、本多は微笑んだ。「じゃあ、これで」

「ありがとうございました」

部屋を出ようとドアを開けた本多は、そのまま振り返った。

圭子が、両手を前に揃えて、心細げに立っている。

本多は息をつくと、中へ戻ってドアを閉め、

「——あなたと結ちゃんを放っちゃ行けない。その代り、風呂に入らせて下さい」

と言った。

圭子の顔に、笑みが浮かんだ。

「柴田さん……。帰らなくていいの？」

と、永井絢子が訊く。

「大丈夫。一晩くらい帰らなくても、心配しやしないよ」

と、柴田は言った。「それに、この子たちを放って帰れないじゃないか」

十七歳の二人、常田治と三神彩は、お腹が空いていたのだろう。入った24時間営業のファミレスで、せっせとカレーを食べていた。

「――ごめんなさい」

と、三神彩が息をついて、「もう――私たち二人で、何とかします」

「何とかするって、どうするんだ?」

と、柴田は言った。「まあいいから、食べなさい」

「はい……」

もう、常田治の方はすっかりカレーの皿を空にしていた。

「――お父さん同士の事情を、誰から聞いたの?」

と、絢子が訊いた。

「父があんなことになったわけは、母からいつも聞いていました」

と、治が言った。「ただ、三神っていう名前は知らなくて……。入院している父を訪ねて行って、聞いたんです。彩から、父親の反応を聞いて、もしかしたら、と思ったので」

「私、治からすべての事情を聞いて、ショックを受けて……」

と、彩は言った。「黙っていられなくて、父に正面切って訊きました。父は否定しませんでした」

「怒られた?」

「ええ。もう二度と治と会うなと」

「すると、治君のお母さんは、君らのことを知らないのか」

と、柴田は言った。

「ええ。――とても言えなくて」

「そうか。気持は分るが、お母さんが心配してるよ、きっと」

「ええ……。それは気になってます」

と、治は目を伏せて、「でも、彩が家を出て来たのに、僕がそれを引き受けてやらないわけにいきません」

彩が治の手を固く握った。

柴田は若い二人の、ひたむきに輝く目を見て、胸を打たれた。

「あなた……彩さん」

と、絢子が言った。「もしかして……妊娠してるとか……」

「え？　——そんなことないです！」

と、頰《ほお》を染めて、「私たち、まだそんな仲じゃありません」

「ごめんなさい。もしかして、それで家を出て来たのかと思って」

「違います」

と、彩は首を振って、「父が——私と治を別れさせようとして……」

「留学させようと思ったんだ」

と、三神久士は言った。

「外国へ？」

と、常田加代子は言った。

「うん。アメリカに二、三年行かせれば、奴のことを忘れるだろうと思った」

「そんなこと……。見えすいてるじゃありませんか」

「分ってる。しかし、他に思い付かなかったんだ」

と、三神は苛々と言った。

　と、三神は顔を真赤にして、「いくら何でも、そんなことが……」

「私も、そうは思いますけど。治はそんなに弱い子じゃない。きっと生きて行くことを選びます」

　と、加代子は言って、「三神さん。二人が帰ったら、付合うことは自由にさせてやりましょう。まだ若いんですから、先はどうなるか分りませんけど」

「娘をかどわかした男をか？」

「そんな……。分ってるくせに。二人は自分たちの意志で家を出たんですよ」

「ああ、分ってる……。しかし、女房が承知しないだろう」

「真世さんだって、彩ちゃんが生きてててくれるのが第一でしょう」

「やめてくれ！」

「それで、家出したんですね」

「ああ……。留学の手続をしてしまっていたからな」

「もう十七といえば子供じゃありませんよ。何でも親の言うなりになるなんて……」

「彩のためを思ってのことだ」

　――加代子のアパートである。

　どこをどう捜したらいいのか、二人とも見当がつかないまま、時間が過ぎていく。

「まさか……」

　と、加代子が呟くのを、三神は耳にして、

「何だ？　『まさか』ってのは、どういう意味だ？」

「いえ……。まさか二人で――死ぬつもりじゃないかと」

「やめてくれ！」

そう言われると、三神も言い返せなかった。

そのとき——電話が鳴り出して、二人は一瞬、凍りついたように動けなかった。

「——出ます」

加代子が駆け寄って、受話器を上げる。「もしもし！」

「——お母さん」

「治！　良かった！」

と、加代子はその場に座り込んで、「心配したのよ」

「ごめん。あのね——」

と、治が言いかけたとき、三神が加代子の手から受話器を引ったくって、

「おい！　娘は無事なのか！　どこにいるんだ！」

と怒鳴った。

「三神さん！」

「おい！　もしもし！」

切れてしまった。

加代子は三神の顔を平手でバシッと打つと、

「何て馬鹿なの、あなたは！」

と、叫ぶように言った。

8　眠りの後

「せっかく、あの子から連絡して来たっていうのに！」

と、加代子は三神をにらみつけて、「これでまた、二人がどこにいるか、分らなくなったじゃありませんか！」

と、責め立てた。

三神は顔を真赤にして、今にも加代子をひっ

ぱたくかと思えたが、やがて深く息をついて、

「すまん……」

と、むくれながらも詫びた。「つい、娘のことが心配で」

「だったら、あなたがそうしてカッカしてるのは逆効果でしょ。かえって戻りにくくなってしまうわ」

「ああ……」

三神は、加代子に平手打ちされた左の頰をさすりながら、「痛いな……。相変らず馬鹿力だな……」

「何ですか、そんなことぐらいで」

と、加代子は言った。「今の電話、どこでかけてたのかしら？」

「そうか。じゃ、彩のケータイを使ったのかもしれない」

三神は自分のケータイで娘にかけてみた。

「――畜生！　電源が入ってない」

「私だって切りますよ」

と、加代子は言った。「でも――ともかく二人とも無事なんでしょう。良かったわ」

「ちっとも良くない……」

と、三神は不満げに口の中で呟いたが、加代子にひっぱたかれたのがよほどこたえたのか、それ以上は言わなかった。

「三神さん」

と、加代子はちょっと三神をにらんで、「ずっとここにいるつもりですか？」

「ああ。またあんたの息子から電話があるかもしれん」

「私――着替えたいんですけど。それにシャワーぐらい浴びておきたいし」

「勝手にやれ。俺はいい」

加代子は呆れて、

「誰もあなたにお風呂に入るかなんて訊いてません。そこにいられると邪魔なんです」

三神はやっと気が付いて、

「そうか。――いいじゃないか。もう恥ずかしがる年齢《とし》じゃない」

「そっちは良くても、こっちはご遠慮しますよ」

と、加代子は言い返した。「一旦お宅へ戻られたらどうですか？　何か連絡があったら知らせますから」

しかし三神は、

「今帰れるか。女房に何と言うんだ？」

と拒んだ。

「じゃ、外へ出てて下さい」

「向こうを向いてる」

「いいえ！　お断りです。出てって下さい」

と、加代子は譲らない。

三神は渋々立って、

「じゃ……どこかお茶でも飲める所はあるか」

「24時間営業のお店ですか？　さあ……。表通りに出れば、たぶん」

「分った。行ってみる」

「待って。あなたのケータイの番号、メモして行って下さいな」

「ああ……。そうだな」

やっと、二人の会話は普通のトーンに落ちついて来た。

「じゃ、ここへ戻っていいとなったら、連絡してくれ」

「分りました。それと、もし何かお知らせすることがあれば」

「うん」

三神は玄関で靴をはくと、「――加代子さん」

と振り向いて、

「すまなかった。――まさか、こんなことになるとは思わなかったんだ」

加代子は三神を見て、

「子供たちのことじゃなくて、昔のことを言ってるんですね」

「ああ。――常田とは一緒に映画作りに夢中になった。あのころは楽しかった」

「仕方ありませんよ。済んだことです」

「俺が、現場からソロバンを持つ方へ変っちまったからだな。数字、数字。客が入るかどうか、視聴率が取れるかどうか。それがすべてだった。作品の質なんか、二の次だった……」

三神はため息をついて、「なまじ、常田には才能があったから、こんなことになったんだ。俺には才能がなかった」

「三神さん――」

「俺は、現場に残って頑張ってる常田たちのことが妬《ねた》ましかったんだ。俺の力を見せつけて、俺の方が上なんだと思い知らせてやろうとしたんだ」

「今、そう思うんですか」

「ああ。今になって分る。あのときは、会社を救うためだと自分を騙していた」

三神はちょっと自嘲気味に笑って、「手遅れだな。今さら」

と言うと、そのままドアを開けて出て行った……。

「父が？　父が出たの？」

と、三神彩は言った。

「たぶんね。『娘は無事か』って怒鳴ってたから」

常田治は、彩のケータイの電源を切ると、彩に返した。

「でも、どうして父がお宅に？」

「まあ、色々当れば分らないことはないだろう」

「あなたのお母さんに何か失礼なこと言わないかしら。心配だわ」

と、彩は不安げに言った。

「大丈夫だよ。お袋はおとなしく言わせとくような女じゃない」

と、治は微笑んだ。「ともかく、お袋に声は聞かせたから」

「良かったわ」

二人は、食事をおごってもらったファミレスで、永井絢子から、

「ともかく、親御さんに無事だということだけでも知らせてあげて」

と言われたのだ。

柴田からも、

「何も言わないと、警察へ捜索願が出るかもしれない。二人一緒だってことをはっきりさせた方がいいだろう」

と言われたので、二人して、レストランの入口辺りのスペースに出て来た。

「でも、父にわざわざ電話する手間が省けたわ」

と、彩が言った。

二人は、柴田たちの待つテーブルへ戻ろうとしたが、

「ね、待って」

と、彩が治の腕を取った。

「何だい?」

「あのお二人のこと……。これ以上甘えちゃいけない気がする」

「ああ……。でも、僕らは確かに金も持ってないし」

「だからって……。ね、このまま出て行かない?」

「あの人たちに黙って?」

「そう……。でも、鞄も置いたままね。やっぱりだめか……」

「じゃ、ちゃんと話そう。これ以上ご迷惑はかけられません、って」

「そうね。そうしましょ」

ホッとしたように彩は微笑んだ。

そして二人は手をつないでテーブルの方へと戻って行った。

本多がザッと風呂へ入って出てみると、安田圭子は娘のそばでぐっすりと眠り込んでいた。

「疲れたんだな……」

本多は、薄いタオルケットを引張り出して、圭子の上にかけてやった。

本多はバスローブをはおって、ベッドに腰をおろした。

――俺は何をやってるんだ?

自分でもわけが分らない。大体、会ったその日に、圭子と寝てしまったというだけでも信じられないようなことなのに、こんな厄介なことに巻き込まれている。

いっそ――。そうだ。いっそ、このまま出て行こうか。

後は圭子自身が決めることだ。朝、目を覚ましたら、銀行で金を下ろし、夫の所へ持って行く。あるいは一一〇番するか。

いずれにしても、本多がいなくてはならない理由はない。

今は、まだショックから立ち直れなくて心細いのだろうが、こうして眠って目を覚ませば、大分落ちつくだろうし、冷静に事態に対処できるだろう。

そうだ。赤の他人の俺が、何の役に立つというんだ？

本多は汗がひくと、服を着た。

俺まで逃亡犯の手助けをした、なんて言われて逮捕されるんじゃかなわないしな。

本多はそっと圭子の様子をうかがった。

大丈夫だ。深い寝息をたてている。少々のことでは目を覚まさないだろう。

本多はそっとドアを開けて、出て行こうとした。そのとき、

「行かないで」

と、声がしたのである。

振り向いて、本多はびっくりした。

圭子ではない。娘の結が起き上って、本多を見ていたのである。

「目が覚めたのかい？」

と、本多は言った。「君のママはそばで寝てるよ。ママがいれば大丈夫だろ？」

「一緒にいて」

と、結は言った。

そうだ。この子は……。

「結ちゃん——だったね。君、どうしてずっと

黙ってたんだい？」

結は、眠っている母親の顔を見ていたが、

「ママが可哀そうだから……」

「ママが？」

「ママが殺されたらいやだもん」

結ははっきりと言った。

本多は、ベッドのそばへ戻って行くと、

「――どうしてママが殺されるんだい？　君のパパに殺されるの？」

「パパと一緒だった女の人」

「女……。君の知らない人？」

「そう」

「つまり――その女が、君のママを殺すって言ったの？」

結が肯いた。――本多は混乱して来た。

「待ってくれよ。君は、あのアパートでパパが女の人を刺したのを見てたの？」

結は首を横に振った。

「じゃあ……」

「女の人は元気だよ」

と、結は言った。

「――元気？」

「刺されてなんかいないよ」

「しかし、台所に血が……」

「女の人、看護師さんなんだって」

「というと……」

「注射器持ってた。パパの血をとってね、あそこに……」

「じゃあ、女の人は何ともないの？」

「うん。――でも、黙ってろって。そうしないとママを殺すって」

子供とはいえ、もう七歳だ。

言っていることが本当なら、圭子が夫から聞いた話とまるで違う。

「君のパパと、その女の人は一緒に出て行ったの?」

「うん」

二人は、圭子に金を持って来させようとしているだけかもしれない。

いや——本当なら、圭子に殺人の疑いがかかることになっていたのではないか。

まさか圭子が他の男と帰って来るとは思わなかったのだ。しかもタクシーの運転手の証言で、圭子が何もしていないことははっきりしている。

参ったな……。

本多は、やはり圭子を放って帰るわけに行かなくなってしまった。

「行かないでね」

と、結に重ねて言われると、本多は苦笑しながら肯くしかなかった……。

9 選択

「お宅に、ですか?」

と、三神彩は言った。

「ええ。大したマンションじゃないけど、ソファで寝てもらえば。暖房入れとけば、寒いことはないわよ」

と、永井絢子は言った。

「でも……」

と、三神彩は常田治と顔を見合せて、「ご迷惑じゃないんですか」

「迷惑なら誘ったりしないわ」

ファミレスで食事を済ませて、大人二人、永井絢子と柴田はコーヒーを、彩と常田治は紅茶を飲んでいた。

「そうするといいよ」

と、柴田は言った。「朝までここで粘るってわけにもいかないだろ？　それに、二人とも疲れて来てるよ」

何といっても、十七歳の二人だ。こんな夜中になれば、眠くなって当り前である。

彩の方はまだシャンとしていたが、治は少し目がトロンとしている。

「そうよ」

と、絢子は肯いて、「人間、寝不足のボーッとした頭で、どうしようかって考えててもいい考えなんて浮かばない。ちゃんと眠らないと」

「おい、課長としていつも言ってることとずいぶん違うね」

と、柴田がからかった。「『眠気がさすなんて、たるんでるからよ！』って、いつも尻をけとばしてるじゃないか」

「そんな……。会社辞めたからって、そんな好き勝手言わなくたって」

彩が柴田を見て、

「会社、辞めたんですか」

「辞めたんじゃない。辞めさせられたんだ。リストラってやつさ。要するに、この課長さんにクビにされてね。失業者ってわけさ」

絢子は渋い顔をしている。柴田は声を上げて笑うと、

「だからね、この人の所へ泊るぐらい、遠慮することないぜ。僕は家へ帰ると、妻や娘に冷たい目で見られるが、この人は独り者だからね」

彩と治は少しの間、顔を見合せていたが、や

がて彩は座り直すと、

「じゃ、今夜一晩だけお世話になります」

と言った。「よろしくお願いします」

二人で頭を下げる。

「いいわよ！　じゃ、出ましょうか。車の中で寝てもいいのよ」

彩は微笑んで、

「私、本当は凄く眠くて……」

と言うと、治の手を握った。「治はきっと、もっと眠いです」

――実際、若い二人は絢子の車が走り出して十分としない内に眠ってしまった。

助手席にいる柴田は、後ろの座席を振り返って、

「よく寝てるよ。――若い眠りだな。こんな風には、もう眠れない」

と言った。「いいのかい、僕も送ってもらって」

「もちろんよ。――これも何かの縁だわ」

絢子のハンドルさばきは巧みだった。

「しかし……親が敵同士で、なんて、まるで『ロミオとジュリエット』だな」

「でも、若い二人を死なせるような結末にだけは、しちゃいけないわ」

「今どき、そんなことは……」

「分らないわよ。この二人だって、これからどうなる？　お互い納得して家へ帰ればともかく、二人でどこかへ行って暮すには若過ぎるし」

「まあ、そうだな」

「とりあえず今は一旦親の手前、当分会わないことにして、大学生にでもなれば、親だってそう見張っちゃいられないんだから」

「そう話すつもりかい？」

「でも、その『当分』が、きっと若い子たちには辛抱できないのよね。——若さって、いつも急いでるんだわ」

「抑えようとすれば、却ってしっかり互いにしがみつくだろうな」

「そんな恋ができるなんて、羨しいわ」

柴田は、チラッと絢子の横顔を見て、

「君だって、恋はして来ただろ？」

「つまらない男ばっかりだったわよ」

と、絢子は苦笑して、「いつか、きっと『出会い』があると信じてたのに……。人にはやっぱり運不運があるのよ」

「今の恋は？」

「黒木さん？　あれも、ほぼ最低レベルね。同情九割、恋一割くらいかな」

柴田は笑ってしまった……。

しかし……。

こんなときにカツ丼なんか食ってるなんて……。

三神久士は、自分に向かって文句を言いながらも、カツ丼をアッという間に平らげてしまった。

常田加代子にアパートを追い出されて、たまたま五分ほど歩いたところに、24時間営業のファミレスを見付けた。

時間つぶしに、コーヒーを飲むだけ、というつもりで入ったのだが、カラフルなメニューを見ると、急にお腹が空いていたことを思い出してしまったのである。

かくて、カツ丼をきれいに食べてしまって、

「腹が減っては、戦さができぬ、だ」

と、三神は呟いた。

「あなた」

と、声がした。「何してるの?」

顔を上げた三神は、妻の真世が立っているのを見て仰天した。

「お前……。どうしてここに?」

「アパートの場所を聞いたから。じっとしてられなくて、タクシーで来たのよ。そしたら、赤信号でこの前に停って。ふっと見たら、あなたがいるじゃないの。びっくりしたわ」

真世は向かいの席に座ると、「彩の居場所は分ったの?」

「いや、それはまだ……」

「それなのに……。一体何を食べたの?」

と、空の器を見て、「カツ丼? 天丼?」

「カツ丼を……少し」

「呑気ね、全く!」

ウェイトレスが来ると、真世は少しためらってから、「——コーヒー!」

「あ、俺も」

と、三神は言って、「常田の息子と二人でいるらしい。でも、捜すったってなあ……」

「加代子さんは? 知ってるんじゃないの?」

「いや、加代子さんは二人が付合ってることも知らなかった、と言ってる」

「怪しいもんだわ」

「いや、たぶん本当だ。何しろ、食べていくだけで手一杯らしい」

「同情? 甘過ぎるわよ」

と、真世は苛立ちを隠そうともしていなかった。

三神真世は四十五歳。常田加代子よりは三つ若い。

真世は元女優だった。一度は「新スター」として売り出したものの、あまりパッとせず、三神の求婚を受けいれて、同時に芸能界を引退したのだ。

むろん、引退して長いが、それでもどことなく「芸能人」の派手さを今も漂わせている。着る物も、真赤とかピンクとか、派手なものが多い。見た目に若い、というのも大方の一致するところだ。

——夫の話を一通り聞く間にコーヒーを飲み干して、

「素直に出て来たの？　おめでたい人ね！」

「だって、お前……」

「あなたを追い出しといて、その間に姿をくらましてるかもしれないじゃないの！」

「いや、まさか……」

「アパートへ行くのよ！」

と、真世は立ち上った。「もう手遅れかもしれないわ！」

真世にえり首をつかまれるようにして、三神は常田加代子のアパートへと戻った。

「加代子さん！　いるの？　開けて！　三神真世よ！」

ドアをドンドンと叩いていると、中で物音がして、ドアは開いた。

「早過ぎるわ」

と、加代子はバスタオルを巻きつけたままで、

「待ってて！　服着る間」

「いいわ。でも五分までよ」

「元女優じゃありませんからね。五分もかかり

ません」

と、加代子は言い返した。

三分ほどでドアは開いたが、まだ髪は少し濡れていた。

部屋へ入ると、真世は中をグルッと見回して、

「これだけ？」

「お宅のような豪邸に住める身分じゃありませんし」

と、加代子は言った。「お茶ぐらい出すわ」

「それより、あなたの息子はどこにいるの？」

「知ってれば言うわ」

「どうだか」

「それ、どういう意味？」

「子供が家出して、行方が分らないのに、のんびりお風呂に入ってるなんて、どう考えても変よ。知ってるんでしょ、あなた。だからそうして落ちついてられるのよ」

真世が高飛車な言い方をしても、加代子は穏やかに微笑んでいるだけで、

「――昔の私なら、喧嘩を買って殴り合いでもするところね」

と言った。「でも、私は苦労したわ。つまらないことに使うエネルギーはないの。あなたの相手なんかしてられないわ」

「そういう言い方を――」

「治はね、私と一緒に苦労して来た。アルバイトもやってるわ。どんなに好きな女の子とでも、死んだりしない。必ず生き抜いて行くわ」

と、加代子は真世と正面切って向かい合う。

「お分り？　だから私は心配しないの。あの子はちゃんと戻って来る」

「そうならいいけどね」

と、真世は信じていない様子で、「ともかく、居場所が分るまで、ここで待たせてもらうから」

「どうぞ、ご遠慮なく。――私は適当に寝ますから」

加代子の冷静そのものの口調に、何となく二人は黙り込んでしまう。

加代子はお茶をいれた。


「この辺よね？」

と、永井絢子はハンドルを切りながら言った。

「うん。――あ、そこの角でいい。三軒目がうちだ」

車が停ると、柴田は助手席から外へ出て、

「ありがとう」

と言った。「助かったよ」

「柴田さん」

と、絢子は言った。「就職先、私も探しておくわ。落ちついたら連絡ちょうだい」

「それはありがたいな。ともかく、その二人のことも心配だ。明日、電話するよ」

「そうね。いつでもケータイに」

「じゃ、気を付けて」

柴田は手を振って見せた。

絢子の運転する車が走り去るのを見送って、柴田は息をついた。

「妙な夜だったな……」

郊外へ出ると、ぐっと冷える。柴田はともかく家へと急いだ。

玄関の明りだけはついている。

小さな建売住宅だが、これだってローンが終っていないのだ。下手をすれば、住んでいられなくなるかもしれない。

玄関の鍵を開け、中へ入ると、

「ただいま……」

と呟く。

どうせ、こんな時間に「お帰りなさい」と言ってくれるはずもない。

「お帰りなさい」

「ワッ!」

柴田は妻の沙紀が出て来たのを見て、びっくりした。「お前……。どうしたんだ? こんな時間に」

「大変なの。早く入って」

沙紀は柴田の腕をつかんで、居間へと引張って行った……。

10 非行

何かよほどのことが起ったのだ、と柴田にも分った。

大体、妻の沙紀が、こんな時間まで起きて夫を待っていることなど、あるわけがない。しかも沙紀はまだ寝衣にもなっていない。

引張られて居間へ入った柴田は、一瞬ギクリとして足を止めた。

ソファに、娘の幸代が座っていたのである。十四歳の中学二年生。——一人っ子ということもあって、少し無理をして私立の女子校に通わせている。

柴田は、リストラされたことで、幸代を今の学校へそのまま通わせるのが難しくなるかもしれないと心配していた。

できることなら、娘にはお金の苦労をさせたくない。

しかし――居間のソファに、むくれた顔で座っている幸代を見て、まず柴田のそんな不安は吹き飛ばされた。

「おい……。何だ、その格好？」

呆気に取られながら、柴田は言った。

キラキラと光る飾りのついた黒い革のジャンパー。ぴったりとした革のパンツ。

しかも、派手な色の口紅やアイシャドー。

こんな幸代を見たのは初めてだ。

「化粧して、そんな……。お前、そんななりをして、どこに行ってたんだ？」

「騒がないで」

と、沙紀が言った。

「騒いじゃいない。しかし――」

「声が大きいわよ！　幸代が怯えるじゃないの」

沙紀は娘のそばに座ると、しっかりと抱き寄せた。

怯えるだって？　どう見たって、幸代はただふてくされてるだけだ。

「コンサートに行ったのよ」

と、沙紀が答えた。「今売り出しのロックバンドのライブとかで……」

「ライブだって？　――そんな格好で？　お前は中学生だぞ！」

「こういうスタイルじゃないと入れてくんないのよ」

と、幸代は言った。「高校生だって言って……」

「沙紀、お前も知ってたのか」

「仕方ないでしょ。あんまり禁止ばかりしてても、却って反発するかと思って」

「それで……何かあったのか」

柴田は向かい合ったソファに座って、ネクタイをもぎ取った。

幸代は口を尖らして母親の方を見た。

「そこで、男の子たちのグループに声をかけられたんですって」

と、沙紀が代りに言った。「この子も、お友だちと二人だったのよ。まあ……ライブの後で盛り上ってたんでしょうね。一緒に飲みに行って……」

「飲みに？」

「コーラだけよ」

と、幸代が言った。「ビール飲めよって言われたけど、飲まなかった」

「当り前だ」

「でも……払うときになると……」

と、幸代が口ごもる。

「その男の子たちに囲まれて、二人ともお財布を取られたんですって」

「金を？　しかし……それだけか」

柴田は少しホッとしたが、それでは済まなかった。

「お財布に……学生証が入ってたの」

と、幸代が言った。「学生証取られて……返してほしかったら、十万円持って来いって……」

柴田は愕然として、言葉が出なかった。

腹を立てたりする以前に、これはもしかしたら夢じゃないのかと思っていたのである。

確かに、妻との間が冷え切っていただけでなく、娘ともろくに話をしないようになって、何年かたつ。

しかし、少なくとも小学校の四年生くらいまでは、休みの日など、柴田が娘を風呂に入れたりしていた。遊園地などにも、手をつないで出かけたものだ。

あのころと、幸代は少しも変っていない、と――思っていたのに。

化粧までして、ロックバンドのライブに？

柴田は、この「現実」を、なかなか受け容れることができないのだった。

「だから」

と、沙紀が言った。「あなた、お金を持って、行って来て」

柴田はポカンとして、

「行く、って……どこへ？」

「学生証を取り戻して来るんじゃないの、もちろん」

と、沙紀はアッサリと言った。「十万円くらい持ってるでしょ」

「おい……。ちょっと待て。大体そんな奴の言うことを素直に聞くのか？　どこにいるかだって分りゃしないじゃないか」

「幸代が、その男の子のケータイ番号、聞いて来たわ。渋谷辺りのどこかのお店に、朝までいるらしいわよ」

「今から行くのか？　こんな夜中に？」

「あなた！」

と、沙紀は突然険しい表情になって、「娘のためでしょ！　学生証を持ってるのよ、向こうは。学校へ連絡されたら、幸代は停学くらいにはなるわ」

「しかし、それは……」

と言いかけて、柴田はため息をつくと、「分った、行って来るよ。どこへ行けばいいのか、訊いてみろ」

柴田としては、会社を今日限りでリストラされたということを、妻と子に黙っていた弱味がある。

「それでこそ父親よ！　ね、お父さんなら分ってくれるって言ったでしょ」

「うん。ありがとう、お父さん」

正面切ってそう言われると、柴田もくすぐったいようで、

「まあ……お前も、これから用心するんだぞ」

と言ってやるのがせいぜいである。

柴田は立ち上ると、

「顔を洗って来る」

と、フラッと洗面所へ向かった。

しかし――十万円？　そんなに現金なんか持ってないぞ。退職金だって振り込みだし。

ともかく冷たい水で思い切り顔を洗って、頭をスッキリさせると、居間へ戻った。

「あなた。――このお店ですって」

と、沙紀がメモをよこす。

「分った。だけど、十万円なんて持ってないぞ」

「あら、そう？」

「せいぜい三万くらいのもんだ。あるのか？」

「まあ……出せばね」

白々しい！　柴田はよっぽど文句を言ってやろうかと思ったが、やめておいた。

「こんな時間だ。タクシーだな」

「運転して行けば？」

「飲んで来たんだぞ。もし捕まったら、罰金が大変だ」

と、柴田は言ってやった……。

狭い階段を下りて行くと、穴蔵みたいなその店があった。

別に山賊の隠れ家に入って行くわけじゃないのだ。相手は子供なのだ。

そうは思ってみるものの、柴田は初めての場所や、なじみのない店に入るのが苦手なのである。

しかし、せっかくやって来て、ここで引き返すわけにはいかないのだ。

咳払いをして、ちょっと胸を張り、柴田は店の扉を押した。

一斉に視線が集まって来て、ギョッとする。

小さなスナックといった作りで、ただやたらと薄暗く、しかも店の中は壁も天井も真黒に塗られていた。

髪の毛を色々な色に染めて、とさかみたいに立てた若者たちが十人くらいたむろしている。

「ええと……」

柴田は、できるだけ普通の口調で言った。

「ここに……マイケル君という人はいるかな?」

外国人じゃないらしいが、ともかく「マイケル」というのだと聞いて来た。

奥の方から、金髪の若者がフラッと出て来て、

「あんた、サチの親父さん?」

「サチ? 幸代のことか」

と、柴田はムッとして、「君かね、娘の学生証を……」

「うん。ここに持ってるよ」

と、革ジャンパーのポケットから、幸代の学生証を取り出す。

「さあ、ここに金がある。渡してもらおう」

と、封筒を渡した。

マイケルという若者は、中身を確かめて、

「うん、確かに。——じゃ、返すよ」

柴田は学生証を受け取ると、内ポケットへ入れて、

「もうこれで一切連絡して来ないでくれ。いいね」

と言った。

「そうおっかない顔すんなよ」

「君のしたことは犯罪だぞ。分ってるのか?」

と、つい言葉が出る。

「偉そうなこと言うなよ。会社、クビになりそうだって? サチから聞いたぜ」

「何だと?」

柴田は愕然とした。

そのときだった。店の扉が開いて、

「マイケル!」

と、鋭い声が飛んで来た。

マイケルだけでなく、店の中にいた若者たちがパッと一斉に立ち上った。

入って来たのは、十七、八の若い娘だった。

しかも、こんな店には場違いな感じのブレザーの制服らしいものを着ている。高校生だろうか。

しかし、目つきは鋭く、その場を威圧する凄みがあった。

「その金をその人に返しな」

と、少女は言った。

「おい、アン……」

「この人の言う通り、恐喝だよ」

「だけど、こいつは取引きだぜ」

「相手の子は中学生だっていうじゃないの。手を出すのにこと欠いて――」

アンと呼ばれた少女は柴田の方へ、「これはね、マイケルとあなたの娘さんの共謀なんですよ」と言った。

「何だって？」

「娘さんはマイケルの『彼女』なんです。こづかい稼ぎに芝居をしたんですよ」

「幸代が？」

「うちの子に限って、そんなことは、なんて言わないで下さいね。もう十四っていえば、体は大人の女ですよ」

「まさか……。本当なのか！」

カッとなって、思わずマイケルの胸ぐらをつかんでいた。「幸代に手を出したのか、貴様！」

「乱暴はよせよ……。サチの方から寄って来たんだ。本当だぜ」

柴田の剣幕に、マイケルはあわてて金の封筒を返した。

「柴田さん、でしたよね」

と、少女が言った。「娘さんとよく話して下さい。もちろん、もう十八なんですから、マイケルの方が悪いんです」

柴田は、怒りもどこかへ消えてしまって、

「分った……。ありがとう」

急に体の力が抜けていくようだった。

店を出て階段を上ると、柴田は通りへ出て、しばし呆然と立ちすくんでいた。

今のは悪い夢だったのか？

しかし――帰って、幸代とどう話せばいいのだろう？

足音がして、アンという少女が上って来ると、

「柴田さん」

と言った。「すみません。マイケルって——

私の従兄なんです。父親は市会議員で……。昔
はあんなじゃなかったんですけど」

ひどく大人びた少女だ。

「君は……高校生かね」

と、柴田は訊いた。

「ええ。私、香月杏《こうづきあん》といいます」

少女は名刺を出して、「もし、マイケルがま
たご迷惑かけることがあったら、私に言って下
さい」

「ああ……。名刺、持ってるの？」

「ちょっと仕事してるので」

と、少女は言って、「失礼します」

呆気に取られている柴田を残して、少女はさ
っさと行ってしまった……。

11 奇妙な平和

「ただいま……」

玄関を入ると、柴田はぐったり疲れて、上り《あが》
口に座り込んでしまった。

「——どうしたの？」

妻の沙紀が出て来る。

「いや……。くたびれてな」

柴田は息をつくと、やっと立ち上った。「——

幸代は？」

「自分の部屋よ」

呼ぶまでもなく、幸代がやって来た。

いつもの格好だ。

「やっと幸代らしくなったな」

と、柴田は苦笑して、居間へ入ると、「さあ、学生証だ」

「良かったわね！」

と、沙紀がホッとした様子で、「さ、これ持ってってって、寝なさい」

「うん……」

幸代は学生証を手にして、「――お父さん、ありがとう」

と言った。

柴田は、幸代の口調に、ただ礼を言っているのとは違うニュアンスを聞いていた。

そうか。――すべてばれているということを、あのマイケルとかいう男の子から連絡があって知っているのだろう。

「ちょっと待て」

と、柴田は言った。「幸代も座ってくれ。時間はかからない」

「あなた、もう遅いから――」

「分ってる。すぐにすむ」

柴田は、不服そうな沙紀をソファに座らせると、幸代がその隣に座るのを待って、口を開いた。

「――幸代。今度のことは、感心したことじゃない。しかし、人間若い内はときどき馬鹿をするもんだ」

幸代がちょっと目を伏せる。

「父さんの目が、お前のことをちゃんと見ていなかったかもしれない。確かに、父さんもそれどころじゃなかった」

と、柴田は言った。「薄々感じていただろうが、父さんはリストラの対象になった。実は今日で会社は最後だったんだ」

「あなた……。そんな大事なことを……」

沙紀は全く知らなかったのか、唖然としている。

「言いにくかったんだ。——たぶん、幸代も言いにくかっただろう。幸代のことを責めたり叱ったりする資格はない」

幸代が、戸惑ったように柴田を見た。

「しかしな、幸代。父さんはひと言だけ言いたい。自分を粗末にするな。自分はどうせこの程度の人間だ、とかそんな風に考えるな。お前はまだ中学生だ。その気になれば、これから何にでもなれる」

「——何にでも?」

「ああ。なれるとも。もちろん、人間、向き不向きはあるだろう。だが、きっと何かにはなれる」

「それより、あなた、明日からどうやって食べてくの?」

沙紀の関心はそちらの方らしい。

「少しだが退職金は出た。しばらくは大丈夫だろう。あらゆるつてを辿って、仕事を探すよ」

「でも——見付かるの?」

「それはこれからだ」

すると、幸代が言った。

「お母さんも働いたら? 私、もう子供じゃないわ。大丈夫よ」

「幸代!」

まさか娘からそんなことを言われると思っていなかったのだろう。沙紀は目を丸くしている。

「話はこれで終りだ」

と、柴田は言った。「幸代、ちゃんと学校に行けよ」

「うん……」

「沙紀、明日だけは、俺が起きるまで寝かせといてくれ」

「分ったわ……」

「じゃ、寝よう。細かいことは明日だ」

柴田は居間を出ようとした。

「お父さん」

と、幸代が柴田の腕を取って、「お風呂、入ってから寝たら？」

「ああ……。そうだな」

「きっとよく眠れるよ」

やさしい笑顔は、いつもの幸代のものだった
……。

「あなたたちも、お風呂に入ったら？」

と、永井絢子は濡れた頭にタオルを巻いて、ガウンをはおり、居間へ入って来た。

「あ、いえ、私たちは……」

と、三神彩が言った。

「ええ、大丈夫です。寝るだけですから」

と、常田治が肯く。

——永井絢子のマンションである。

一人暮しだから、そう広くはないが、それでも一応2LDKの造り。

「遠慮することないわ。二人とも車の中で寝たから、まだ眠くないでしょ？　入ってらっしゃい。その間に寝る仕度をしてあげる」

「私たち、このソファで——」

「男の子と女の子を一緒の部屋で寝かせるわけにいかないわ」

と、絢子は腕組みして、「寝室にベッドは一

つしかないの。明日も仕事がある私がベッドを使う。——ベッドのそばにマットレスと布団を敷いてあげるから、彩ちゃんはそこで寝て。常田君はここのソファでね。毛布、貸してあげるから」

「すみません」

「ね、彩ちゃんだけでもお風呂に入りなさい。女の子はきれいにしとかなきゃ」

「じゃ、お言葉に甘えて……」

「下着、私のを置いとくから、着替えなさい。それとバスローブが掛けてあるから、それを着て寝て」

「分りました。——ありがとう、絢子さん」

彩は、赤の他人の親切が身にしみたのか、涙ぐんでいる。

「じゃ、僕も後でシャワーだけ浴びよう。いいですか」

と、治が訊いた。

「もちろんよ。下着の替えはないけどね」

と言って、絢子は笑った。「彩ちゃん、タオルはお風呂場に掛かってるのを使って」

「はい」

彩はちょっと頭を下げて、「じゃ、お風呂、拝借します」

彩が浴室に入って行くと、

「ずいぶん礼儀正しい子ね」

と、絢子は言った。「今どきの女子高生に見えないわ」

「お芝居のせいです」

と、治が言った。

「お芝居の？」

「演劇部で、色んな劇のセリフを憶えるもんだから、それが自然に出るんです」

「ああ、なるほどね」

と、絢子は肯いて、「でもいいことだわ。ていねいな言い方とか、礼儀正しい言い回しを、ごく自然に使えるって、すばらしい」

「あいつ、記憶力いいんです。台本とか、すぐ憶えちゃう」

と、治が言った。「僕はセリフ憶えが悪くて、いつも苦労するんです」

「あらあら、あなたみたいな若い子が、何を言ってるの」

と、絢子が言った。「何か飲む？　お茶、いれましょうか」

「あ……。喉《のど》渇いて。いいですか？」

「ええ、すぐよ」

と、絢子が台所へ向かったとき、チャイムの鳴るのが聞こえた。

「――誰かしら、こんな時間に」

と、絢子はけげんな顔で、「酔っ払った人が部屋の番号を間違えて押すことがよくあるのよね。少し放っときましょ」

しかし、チャイムは鳴り続ける。出ないわけにもいかず、絢子はインタホンで、

「はい、どなた？」

と訊いた。

少し間があったが、突然、かすれた声が、

「絢子、開けてくれ！」

と言った。

絢子は一瞬息が止った。――黒木常務だったのだ。

「黒木さん？　どうしたの、一体？」

「ともかく、ロックを開けてくれ。そっちへ上

って行く」

絢子はためらったが、入れないわけにもいかない。ボタンを押して、オートロックの扉を開けた。

「――お客さんですか」

と、治が立ってやって来た。

「そうなの。ごめんなさいね。まさかこんな時間に……」

「彩に言って、風呂出るように――」

「いえ、いいのよ。もう入ってるわ。急ぐことない」

「でも……」

絢子は当惑していたが、

「あのね、黒木っていって、私の……その……」

「恋人、ですか」

「まあね。でも、奥さんのある人なの。だから……。ああ、もう来ちゃうわ！　私、その辺に出かけて話して来るわ」

「いえ、そんな……。僕らが出て行きますよ」

「ともかく――」

と、絢了が言いかけたとき、玄関のドアを叩く音がした。

絢子は急いで出て行くと、玄関のドアを開けた。

「どうしたの、一体？」

絢子は、黒木が入って来るなり、上り口にドサッと倒れ込むのを見て、びっくりした。

「話は……後でする。冷たい水を一杯くれ！」

「ええ、待ってて」

絢子が急いで冷蔵庫のミネラルウォーターをグラスに注いで持って行くと、黒木は上り口に座り込んだまま、一気にグラスを空にした。

「ああ……。すまん」

と、グラスを返して、「ケータイを持って出るのを忘れちまったんで、途中で連絡できなくて」

「それはいいけど……」

「ともかく……座らせてくれ」

黒木は上って、居間へフラッと入って行った。

絢子は、治がたぶん寝室へでも入っているのだろうと思った。

ソファにぐったり座り込むと、

「郁代《いくよ》の奴、ちゃんと知ってたんだ」

と、黒木は言った。

「だから言ってたじゃないの。きっと気が付いてらっしゃるって。――で、喧嘩？」

「あいつと喧嘩か？　とんでもない。こっちが一方的に責められ、喚《わめ》き散《ち》らされ、あげくは追い出された」

「まあ……」

「すまん。とりあえずここに泊めてくれ。ろくに金も持ってないんだ」

と、黒木は言ってから、「しまった！　タクシー代を払ってないんだ。まだ表で待ってる」

「じゃ、払って来ないと。――今、お金を出すから、あなた行って来てね。私、こんな格好だし」

「ああ、すまんな……」

絢子は財布を取って来て、一万円札を渡した。

「足りる？」

「うん。――じゃ、払って来る」

と立ち上ると、黒木はめまいがしたようで、フラついた。

「大丈夫?」

「何だか……目が回って」

「困ったわね」

と、絢子が言っていると、

「僕、払って来ましょうか」

常田治が出て来ていたのである。

「でも……」

黒木は目をパチクリさせて、

「おい、これは……」

「あの——親戚の子がね、遊びに来てるの」

と、絢子がとっさに出まかせを言った。

「そうか……」

「じゃ、治君、悪いけど下へ行ってタクシー代、払って来てくれる?」

「ええ」

と、治が玄関へ行きかけたとき、

「ああ、気持良かった!」

と、バスローブをはおった彩が風呂から上って来た。

黒木は、彩と目が合って、まるで幻でも見ているのかと、自分の頭をコツンと叩いたのだった……。

12 たてこんだ部屋

ともかく、「親戚の子」で通すしかない。

黒木は、

「二人も一度に泊りに来たのか?」

と、仏頂面だったが、

「あなたの方が飛び入りなのよ」

と、絢子に言われると、

「まあ……それもそうだな」

常田治がマンションの前で待っていたタクシーに料金を払って戻って来ると、

「これ、おつりです」

「ありがとう、治君。悪かったわね」

「いいえ」

「じゃ、治君。シャワー浴びて」

「でも……いいんですか？」

「ええ。――黒木さんは後でね」

「ああ……」

「でも、僕、まだ眠くないし。後でいいですよ」

「そう？　じゃ、黒木さん。先にお風呂に入る？」

「入らせてくれ。くたびれてるんだ」

「じゃ、どうぞ。着替え、ないわよ」

「分ってる」

黒木はしかめっつらで、それでもややホッとした様子でバスルームへと入って行った。

「――びっくりした」

と、彩が笑って、「鳩が豆鉄砲って、ああいう顔ね」

「おい、悪いよ」

と、治が彩をつつく。

「あ、ごめんなさい。絢子さんの彼氏なんですね。不倫？」

「はっきり訊きすぎだぞ、お前」

「いいのよ。その通り」

と、絢子は笑って、「奥さんに叩き出されて来たって。――さて、困ったわね。どうやって寝てもらおうかしら」

「僕、床でもどこでもいいですよ」

と、治が言った。

「そう？　何しろ、もう五十過ぎだからね、あの人。床で寝たら腰痛めそう」

「一緒でなくていいんですか?」

と、彩が言うと、絢子は、

「子供がそんなことに気をつかわなくていいの!」

と、にらんだ……。


圭子は目を覚まして戸惑った。

「ここは……」

広いベッドに、結が一緒に眠っている。

そうだわ! ――思い出した。

夫、安田浩次が女を殺したと言って、お金を持って来いと言われたのだ。

「何時かしら……」

と、ベッドのそばを探って、自分のケータイを見る。

七時半。――そう遅くまで眠ったわけではない。

圭子は起き上って、息をついた。

バスルームのドアが開いて、本多が出て来た。

「やあ、起きましたか」

「本多さん……。すみません」

と、圭子は恐縮して、「無関係なあなたをこんな所に……」

「いや、僕も大人ですからね」

と、本多は言った。「自分でこうすると選んだんです。あなたのせいじゃありませんよ」

「でも――」

「結ちゃんはまだ寝てますね。目覚ましにシャワーでも浴びたら?」

「はあ……」

「さっき、少し表を歩いて来ました。この近くに、24時間営業のファミレスがありました。そこで朝を食べましょう」

「でも……お仕事は？」

「一日ぐらい休んでもいいですよ」

本多はソファに座って、「人生、たまにはこんなことがあってもいいでしょう」

「すみません。――じゃ、お言葉に甘えて」

圭子はバスルームに入って、ドアを閉めた。ゆうべは疲れて眠ってしまったので、熱いシャワーを浴びるのは気持良かった。

むろん、これから待っていることを考えると気が重い。

夫にお金を届けるか、それとも……。

一晩寝ても、決心はついていなかった。

すると、バスルームのドアが開いて、

「失礼」

と、本多が顔を出す。

圭子はあわててシャワーカーテンを引いた。

「結ちゃんが、ママと一緒に入りたいそうです」

「え？」

シャワーカーテンを開けると、裸の結が駆けて来た。

「まあ……。走ると滑って転ぶわよ」

と、圭子は笑って結を抱き上げた。

「ごゆっくり」

本多がそう言ってドアを閉める。

「じゃ、待ってね。ちゃんとお湯を入れて入りましょう」

結はお風呂が好きだ。

圭子はバスタブにお湯を入れて、結を抱きながら身を沈めた。

——簡単にシャワーを浴びるつもりが、すっかり時間がかかり、圭子はいい加減のぼせてしまったのだった。

「まあ……」

圭子は、本多の話を聞いて唖然とした。「本当にそうだったの、結?」

結は黙って肯いた。

しゃべれなかったのは、朝ご飯の目玉焼を口一杯に頰ばっていたからだ。

三人でやって来たファミレスで、一緒に朝食をとる様子は、どう見ても家族だった。

「じゃ、主人が女を殺したと言ったのは——」

「嘘ですよ。あなたにお金を持って来させようとしているのも、その女の考えかもしれない」

「何てことでしょう……」

「結ちゃんは、あなたが殺されると思って黙っていた。——しかし、もう本当のことを警察に言ってもいいでしょう」

「そうですね……。呆れたわ」

圭子は朝の定食を食べながら、「主人のことを心配して、損しました。腹が立つわ!」

「どうします、これから」

「結の話を警察の人に」

「そうですね。それがいい」

「きっと、お金を持って行くのを待ってるでしょうね。——女と一緒に捕まえてやればいいわ」

「その元気です」

と、本多は微笑んだ。

本多はコーヒーとトーストという軽い朝食をとった。

「お腹一杯！」

と、結は言った。

「よく食べたわね」

「結、手洗ってくる」

「一人で行ける？」

「大丈夫だよ！」

結がトイレへと駆けて行った。

「ともかく良かった」

と、本多は言った。「ご主人と別れて、結ちゃんと新しい人生を。まだあなたは若いんですから」

「何とお礼を申し上げたらいいか……」

「いや、とんでもない」

本多はコーヒーを飲み干すと、「もう一杯もらうかな」

コーヒーはセルフサービスで、何杯でも飲めるようになっていた。

本多は立ち上って、カップを手にコーヒーメーカーの方へと歩いて行った。

前に一人、サラリーマンらしい男がコーヒーを注いでいて、本多はその後ろで待ちながら、何気なく表へ目をやった。

駐車場に数台の車が停っていたが……。

本多はふと眉を寄せた。

赤い小型車が停っている。――赤い小型車？

たしか圭子は、夫の乗っている車は「赤い小型車」だと言っていた……。

本多は急いでテーブルに戻ると、

「奥さん、外に赤い小型車が停っているんです」

「え？」

「もしかして……。まさかとは思いますが、店の中にご主人がいませんか？」

　圭子は、次の瞬間ハッと息を呑んだ。

「あなた……」

　テーブルのそばへやって来た男。安田浩次だったのだ。

「どうもおかしいと思ったぜ」

　と、安田は言った。「男がいたのか」

「あなた——」

「騒ぐなよ。金を持って来るんだ」

「何ですって？」

　安田が目をやった方を見て、圭子は青ざめた。

　店の出口の所で、白いコートの女が、結をしっかりと腕で押えて立っている。

「あなた……」

「結は連れて行く。警察へ届けたりしたら、あいつが結を殺すだろう」

「あなた、自分の子を——」

「お前の子だ。誰が父親か分るもんか」

「何てことを——」

「ともかく、金を下ろして持って来い。駅の駐車場だ。いいな」

　安田は足早に出口へと向かい、女と結と一緒に出て行った。

「——どうしましょう」

「ひどい男だ」

　と、本多は言った。「本当に娘さんを……」

「あの人なら、やりかねません」

「結ちゃんの安全が第一です。助け出さないと」

「ああ……。こんなことって！」

　と、圭子は両手で顔を覆った……。

13 脱走

「大丈夫ですか？」

と、本多は言った。

「ええ……。泣いていても、結は戻って来ませんし」

安田圭子は涙を拭って、「家へ帰って、銀行へ行きます」

二人は、あのホテルへ一旦戻っていた。

「——困ったことだ」

と、本多は首を振って、「警察へは……」

「結を取り戻すまでは……」

「しかし、ご主人とあの女が、本当に結ちゃんを返すかどうか」

「というと？」

「お金を受け取っても、結ちゃんを連れて逃げようとするかもしれませんよ」

「そんな……。どうしたらいいでしょう？」

と言ってから、「本多さん。——すみません。こんなことに巻き込んでしまって」

「いや、こうなったら、結ちゃんを取り戻すまで、ご一緒しますよ」

本多の言葉に、圭子はやっとホッとした表情になった。


「おい、本当に寝るのか」

と、三神久士は、常田加代子がさっさと布団を敷くのを見て、思わず訊いていた。

「そう言ったでしょ」

と、加代子は三神と真世など全く存在しないかのように、寝衣を着て、

「――私、ずっとバーで立ちづめなんです。くたびれ切って帰って来るんですよ。寝なきゃ身が持ちません」

と言うと、「お二人で起きてらっしゃるなら、どうぞご勝手に。でも明りは消しますよ」

加代子は本当に明りを消して、布団へ潜り込むと、呆気に取られている三神夫婦の前ですぐに寝息をたて始めた。

「――どうなってるの？」

と、真世が言った。

「加代子さんは息子がどこに行ったか知らないんだ。そう言ったろう？」

「だからって……。よく眠れるもんね、こんなときに」

「本当に疲れてるんだろう。今どき、女手一つで息子を育てるのは楽じゃない」

と、三神は言って、「――どうする？　もう帰るか」

「だけど……。もしまた彩から連絡が入ったら……」

「彩は俺かお前のケータイへかけて来るだろう」

「加代子さんの息子よ、問題は。――彩と二人で、今ごろどうしてるのかしら……」

と言うと、真世は欠伸をして、「何だか、暗くなったら私も眠くなって来たわ。――ちょっと横になろうかしら」

「おい……」

三神は呆れ顔になって、「たった今、加代子さんのことを、『よく眠れる』って言ったばかりじゃないか」

「眠るとは言ってないわ。横になるだけよ。

——でも、こう狭くっちゃ、横になるスペースもないわね」

真世は、畳の上に座布団を三枚並べて置くと、

「これで何とか……」

と、狭い隙間に横になった。「何かあったら起こしてね」

「おい、真世……」

真世は目を閉じた。

三神も妻の寝つきがいいことは分っていたが、こんな所でも眠れるのか、と眺めていた。——やはり、ものの五分としない内に、真世も眠りに落ちたようだ。

「どうなってるんだ……」

と、三神は首を振って呟いた。

ともかく改めて思ったことは——女は強い、ということだった。

「俺はどうすりゃいいんだ……」

ブツブツ文句を言いながら、三神は壁にもたれて座っていたが、その内自分もウトウトし始めたのだった……。

そして——どれくらい時間がたったか。

電話の鳴る音で、三神は目を覚ました。いや、さすがに二人の女も同時に目を覚ましていた。

三神はほとんど反射的に受話器を取っていたが、それはたまたま三神が一番電話に近かったからだ。

「もしもし」

と、三神が出ると、相手はしばらく沈黙した。

「私が出ます」

と、加代子が布団から出て、「治ですか?」

「いや、何も言わないんだ」

と、三神が言うと、

「お前は誰だ？」

と、男の声が受話器から聞こえた。

「え？　いや――ちょっと」

「加代子はいないのか」

その声に、三神は息を呑んだ。

「おい、常田か？」

えっ、と加代子が声を上げた。

「誰だ？」

「俺だ。三神だ」

「私が話します」

と、加代子がやって来る。「主人から？」

「ああ、そうらしい……」

「でも――」

「ともかく、出てくれ」

加代子は受話器を受け取ると、

「あなた？　こんな時間にどうしたの？」

と訊いた。「――もしもし、あなた？」

「三神と一緒なのか」

「え？　――ああ、ちょっとわけがあって。あなた、病院からこんな時間に？」

しかし、常田広吉は答えず、

「三神の奴と、いつからそんなことになったんだ！」

と、怒鳴るように言った。

「あなた……。何を言ってるの？」

加代子は唖然として、「あのね、治が――」

「殺してやる！」

と、常田は叫ぶように言った。「いいか、奴に言っとけ。どこへ逃げても、必ず見付けて殺してやるとな」

「あなた、落ちついて！」

「お前もだ！　俺を裏切ったな！」

「いい加減にして！　私は――」

「二人一緒に殺してやる！　二人で遺書を書いとけ」

そう言って、電話は切れてしまった。

加代子はしばし呆然として、受話器を見ていたが、

「――聞こえた？」

と、三神を見る。

「ああ」

三神は肯いて、「あいつ、本気だぞ」

「大丈夫よ。あの人は入院してるんだもの。自由には出られないわ」

「しかし――」

と、真世が苛々と、「加代子さん、あんたが
「どうなってるの？」

仕組んだんじゃないの？」

「馬鹿言わないで！　どうして私がそんなことをするの？」

「そりゃあ、私たちを妬んでるからよ。だから息子に彩を誘惑させて――」

「もうよせ！」

と、三神が遮った。「そんな下らないことを考えるんじゃない」

「あなた、この女の肩を持つの？」

「真世さん」

と、加代子は正面から真世を見つめて、「私は生きて行くだけで精一杯なの。余計なことを考えてる暇はないのよ」

二人の女はしばしにらみ合っていた。

そのとき、また電話が鳴った。加代子が急いで出ると、

「もしもし？　――あ、はい、家内です」

加代子の顔がこわばった。「——そうですか。——いえ、今は特に。——はい、分りました。——いいえ」

ゆっくり受話器を戻すと、

「病院からだわ。主人が病院を抜け出したって」

「じゃ、本当に……」

「病院の職員を殴って、けがさせたんですって。警察へ届けると」

「常田の奴……。本当に殺しに来るぞ」

三神は青くなっている。

「落ちついて！　あの人はこのアパートを知らないわ」

「確かか？」

「たぶん……。住所を調べたとしても、ここを探し当てるのは簡単じゃないわ」

三神はため息をついて、

「しかし、よりによって……。どうして今夜逃げ出したんだ？」

「知りませんよ、そんなこと」

加代子は肩をすくめて、「心配なら、お宅へ帰ったら？」

「彩のことがあるわ」

と、真世は言った。

「何か分れば連絡しますよ」

三神と真世は顔を見合せていたが、

「——そろそろ朝になるな」

と、三神は言った。「真世、一旦帰ろう。ここでこうしていても仕方ない」

真世は心残りな様子だったが、

「いいわ」

と、立ち上って、「加代子さん、あなたを信じたわけじゃないわよ」

「ご自由に」

加代子は冷ややかに言い返した……。

三神と真世が外へ出ると、もう辺りは少し明るくなっていた。

広い通りへ出てタクシーを拾い、自宅へと向かう。

タクシーの中では、今度は三神が居眠りし始めた。

真世は自分のケータイを取り出してみた。彩からかかっていないかと思ったのだ。しかし、何の着信もなかった。

真世は、少しずつ明るくなって来る町を、車の窓から眺めた。

――常田が病院から脱走した。

常田が三神を恨むのは当然だろう。しかし、今の常田に、冷静な判断ができるのかどうか……。

真世は、少し口を開いて眠っている夫を見て、ちょっと苦笑した。

この人は何も知らない。

そう……。常田が、三神と加代子の仲を疑うのは見当外れとしか言えないが、実のところは……。

三神は考えたこともないだろう。真世が一時、常田と関係していたことがあるとは。

パッとしない女優だった真世にとって、常田は現場でエネルギッシュに働く「プロ」に見えた。

真世は常田に惚れて、自分から抱かれた。

その関係は、長くは続かなかったが、もちろん常田とて忘れてはいないだろう。

もし常田が三神に、過去の恋をぶちまけたら……。

真世は、正直なところ、常田にずっと入院していてほしかったのだ。

あれは結婚前のことだ。しかし、三神が常田に対してあるコンプレックスを持っていることを、真世は気付いていていた。

内心の後ろめたさだ。

その三神が、妻と常田の仲について知ったら、どう思うか。

「もう昔のことだわ……」

と、真世は自分へ言い聞かせるように呟いた。

タクシーは自宅の近くへ来ていた。

真世は夫の肩を叩いて起こすと、

「もう朝よ」

と言った。

14 職人芸

きっかけは、ごくありきたりのサスペンスドラマだった。

いつもなら、常田広吉はそれほど真剣にＴＶドラマなど見ていない。

関心がないわけではなかった。自分自身、映像の仕事の第一線で働いていたのだ。

当然、今のＴＶの映像にも、つい目が行く。

確かに映像はきれいになった。ハイビジョンなどというカメラを、常田は使ったことがなかったが、その細密な描写力には目をみはった。

このアルコール依存症患者の施設でも、休憩室には大型のハイビジョンＴＶが置かれていて、ほとんど一日中つけっ放しだ。

常田は、ここにいてもほとんどすることがない。TVを見て過す時間も多かった。

けれども――絵の美しさも、見慣れてしまえばどうということはなくなる。

そして、肝心の「内容」は、ということになると……。何ともお粗末きわまりないものが多過ぎた。

その内、常田はあんまりTVを見なくなった。見ては腹を立てて、却って気持が休まらないからだ。

だが、この夜は、いつも将棋の相手をしてくれる男が、具合が悪くて寝込んでしまい、夕食の後、常田は一人でTVを見るくらいしか、することがなくなったのである。

二時間で完結のサスペンスドラマ。

「一体、どこにサスペンスがあるんだ?」

と、TVに向かって、つい文句を言っていた。

いつも同じような顔ぶれ。どこかで聞いたことのある物語展開。

ともかく、物語がこれからどうなるか、ほとんど想像がつき、セリフさえ、

「今度はこう言うぞ」

と口に出して言うと、ほとんど次の瞬間、TVの人物が全く同じことを言ったりするのである。

この夜のドラマでは、主人公は敏腕記者（それにしてはヒマだったが）。

一見平凡な強盗事件に納得できないものを感じて、調べていく内、ある謎の組織の関与を疑い始める。

記者の恋人の美人OL（この女優が好きだっ

たので、常田はこのドラマを見ていた）が、記者の留守中マンションにやって来て、食事の仕度をする。

そこへ宅配の荷物が。——外出していた記者は、真相を知る証人が目の前で殺され、息を引き取る間際、爆弾が彼のマンションへ送りつけられたことを聞く。

記者は恋人が今、自分のマンションで料理していることを知っている。記者は青ざめた——。

そして……。

記者はどうしたか？

常田は唖然とした。ドラマの中で、記者はタクシーを停め、マンションへと急ぐのである。

「おい……。電話しろよ」

と、思わず常田はTVに向かって言っていた。

電話をかけて、爆弾だから早く逃げろ、と教えてやればいい。それまで二人は散々ケータイで話していたのだ。

しかし、記者は一人タクシーの中で苛々し、

「もっと飛ばせ！」

と、理由も言わずに運転手を怒鳴りつけていた。

「おいおい……」

まさか、いくら何でも——という場面が続いた。タクシーは大渋滞に巻き込まれたのである。

記者はタクシーを降りて、必死に走り出した……。

たとえ彼女のケータイが切ってあっても、一一〇番して事情を話し、一番近くにいるパトカーに急行してもらえばいい。

記者なのだから、自分のマンションの管理人室の電話番号くらい知っているだろう。連絡し

て、自分の部屋へ駆けつけてもらえばいい。

しかし、記者はただひたすら走り続ける。そして、やっとマンションの下へ辿り着いたとき
――爆発が起きる。

だが、「爆発」も、音がするだけ。次のカットは、ベランダから黒い煙が立ち上っているところだが、何とベランダに出るガラス扉は壊れていない。

ガラスを割ったりしたら、元に戻すのに金がかかるからだろうが、それにしても……。

そして、死んだ証人の言葉によれば、

「マンション全部が吹っ飛ぶくらいの強力な爆弾」

のはずなのに、記者の恋人は「奇跡的に」助かる。

入院している彼女の様子は、どう見ても庭で花火をしていて、ちょっと火傷《やけど》したくらいでしかなかったのだ……。

何とまあ……。

常田は呆れ果てた。犯人が誰だったか、解決がどうついたのか、さっぱり憶えていなかった。呆れるのを通り越して、時間と共に腹が立って来た。

「俺がいたら……」

もちろん、常田とて、今の自分に何の力もないことは百も承知だ。しかし、あんなでたらめなドラマが大手を振ってまかり通る今のＴＶが許せなかった。

常田は、深夜のバラエティ番組が放映されているＴＶをつけっ放しにして、なおも怒りがおさまらなかった。

そこへ、夜間の見回りに職員がやって来たの

だ。

「おい、もう寝ろよ」

と、声をかけられ、常田は素直に寝ようとした。

するとその職員が言ったのである。

「今日のサスペンス、面白かったな」

常田にとっては、喧嘩を売られているような気持だった。

「冗談言うな！　あんなもん、ドラマじゃねえ！」

つい、怒鳴ってしまった。

――そんなことがきっかけとは、後になって思えば情ないような「馬鹿げた話」なのだが、本当の喧嘩になり、常田は相手を殴ってしまった。

気が付くと、相手は床にのびていて、しかも頭にけがをしている。

常田はゾッとした。そして――施設から逃げ出していたのである……。

どこへ行くというあてもなかった。

加代子に連絡しよう、と思った。

ポケットに入っていた小銭で、公衆電話からかけたのだが……。

何と、出たのは三神だったのである。

三神が？　よりによって、あいつが加代子とできてるのか？

こんな時間に、三神が加代子のアパートにいる理由を、常田が他に考えつかなかったのも無理はないだろう。

だが、いくら怒ってみたところで、加代子のアパートの場所も知らないし、大体、この山の中から都心までどうやって行けばいいのか……。

この辺をウロウロしていれば、いずれ捜し出されて連れ戻される。

常田は、ともかく山の間を抜ける自動車道路を、くたびれた足取りで歩き出した。

――車が何台か通って行ったが、停めようともしなかった。

どこかの美女が車に乗せてくれる、なんてそれこそドラマみたいなことがあるわけはない……。

――一時間くらい歩いただろうか。

山中は冷える。常田は凍えて、このままだと凍死してしまうかとも思った。

辺りは少しずつ明るくなっていたが、木立ちの中の道はまだライトなしでは走れないのだろう。車のライトが正面から当って、常田はまぶしさに顔をしかめた。

車はむろんアッという間に通り過ぎた。

常田は、いっそ施設へ戻ろうかと思い始めていた。だが、職員にけがをさせている。

もしかして――死んでしまったか？

いや、まさかあれくらいで……。

あれこれ考えていると、車の音が後ろから近付いて来た。

振り向いて、常田は面食らった。車がバックして戻って来たのだ。

そして、常田のすぐそばで停った。

運転席の窓ガラスが下りると、

「――常田さん？」

言われた方がびっくりした。

「失礼ですが……」

「お忘れ？」

と、その女性は言った。「昔お世話になった、織原《おりはら》です。織原しのぶ」

「しのぶちゃんか！」

常田は目を丸くした。

「こんな所で、どうなさったの？」

「いや、それが……」

簡単には説明できない。

「ともかく、お乗りになって。後ろの席でいいでしょ」

「しかし……」

「私、別荘に行くところなの」

「じゃあ……。乗せてもらうよ」

常田はドアを開けて乗り込んだ。

車は再び走り出した。

――織原しのぶは、四十を過ぎているだろう。十代のころ、常田があれこれ教えた女優である。

今も、脇役でよくドラマに出ている。

「びっくりしたわ」

と、ハンドルを握って、織原しのぶは言った。

「こっちもだ。よく分ったね、こんなに老けた俺のことを」

「そうね」

と、しのぶは笑って、「ライトで、まぶしそうに顔しかめたでしょ。あの顔でピンと来たの」

「そんなにいつも、しかめっつらしてたかな、俺は」

「私の芝居が気に入らなくてね」

と、しのぶは楽しげに、「懐しいわ。『女優なんかやめちまえ！』って、あなたが怒鳴ってた姿」

「そんなことも……あったな」

常田は、少し体が暖まって来ると、眠気がさして来た。

「——何なら、座席に横になって眠ったら?あと一時間くらいかかるわ」

「そうか?　じゃ、すまんが……。迷惑はかけないようにするから……」

常田は後部座席にゴロリと横になると、目を閉じた……。

——常田はすぐに眠ってしまったようだった。

織原しのぶは、パトカーがすれ違って行くのをチラッと見た。

そして、車を道の端へ寄せて停めると、ケータイを取り出した。

「——もしもし」

向こうは少し黙っていてから、

「君……。どこにいるんだ?」

「車の中」

「車で、どこに?」

「どこだっていいでしょ」

と、しのぶは言った。「お家に帰ったの?」

「ああ……。今、仕事場だ」

と、男は言った。

「良かったわ。あなたはやっぱりそこにいる人なのよ」

「しのぶ……」

「もう忘れて。——奥様を大切にしてね」

向こうはため息と共に、

「すまない」

と言った。

「十年早く言ってほしかったわね」

「申し訳ない。こんなにいつまでもズルズルと……」

「お互い大人よ。恨みっこなしね」

言いながら、何て安っぽいセリフだろう、と思った。

今まで、ドラマや映画で何度も言って来たような気がする。

「しのぶ。何か償いをさせてくれ」

「気持だけで充分よ」

と、しのぶは言った。「それじゃ……。体に気を付けてね。あんまりお酒飲まないように」

「うん」

「お元気で」

「君も……」

通話を切ると、しのぶは涙を拭った。

そして再び車を走らせて行った。

15　幻の映像

これは夢か？

それとも、俺はアメリカ映画の中にでも迷い込んだのかな……。

常田広吉は、目を覚ましたものの、しばらくは視界がぼやけてよく見えなかった。

そして見えて来ると……。

「どこだ、ここ？」

少し昔のハリウッド映画によく出て来たようなモダンな造りのベッドルーム。今、自分は充分に三人は寝られそうな、巨大なベッドで寝ていたのである。

「待てよ……」

そうだ。——あの見回りの職員と喧嘩になって、殴ってしまい、外へ飛び出して……。

「——しのぶ」

織原しのぶの車に拾われたのだ。

「夢じゃなかったのか……」

かつて、新人女優だったしのぶが、今はベテランになって、こうして常田を別荘へ連れて来てくれる。

こんな「偶然」は、いいシナリオなら書いてはいけないことである……。

「——お目覚め？」

しのぶが寝室へ入って来た。

「やあ……。すまなかったな」

と、起き上った常田は、「俺は……ちゃんと一人で寝られたのか？」

記憶が欠けているのだ。

「かなり助けてあげたわ」

と、しのぶは笑って、「重かった！」

「そいつは申し訳ない」

と、常田は頭をかいた。

「もうじきお昼よ。——食事の用意がしてあるわ。そこがお風呂なの。さっぱりして下りて来て」

「そいつは嬉しい。ひげ面だな」

「カミソリもあるわ。使っていいのよ。着る物、何かベッドの上に出しておくわ」

「かたじけない。いや、俺はアルコールに溺れてな……」

「その噂は聞いてたわ」

と、しのぶは肯いて、「ともかく今は、ここでのんびりして」

「ありがとう……」

しのぶが出て行くと、常田はベッドから出て、バスルームへと入って行った……。

シャワーだけのつもりが、我慢できずにバスタブ一杯のお湯にゆっくり浸った。

ひげを剃って、一応見られるようになってから、やっとバスルームを出た。

ベッドの上に、下着からシルクのガウンまで並べてあった。

階段を下りて行くと、おいしそうな匂いがして、猛烈に腹が空いて来た。

明るい日射しの中、ダイニングにはハムエッグやパンの洋風の朝食が湯気を立てていた。

病院の、冷め切った食事ばかりだった常田にとって、しのぶの姿が見えなくても、じっと待ってはいられなかった。椅子にかけるなり、食事に手をつけていたのである。

半分ほど食べ終えて、気が付くと、しのぶがやはりガウン姿で立って、微笑みながら常田を見下ろしていた。

「いや……すまん！　我慢できなくてな。つい……」

「いいのよ、食べてて」

と、しのぶは言って、「コーヒーでいい？　今注ぐわね」

モーニングカップにミルクとコーヒーがたっぷり注がれた。

「――ねえ、常田さん」

と、しのぶは自分もコーヒーを飲みながら言った。

「うん？」

「どうしてこんなことになったのか、話してみてくれる？」

「そうだな……」

どうして、と言われると辛い。「悪いのは俺なんだ。女房と息子がありながら……」

それでも、ザッと大まかに話をして、

「――そんなわけで、病院を抜け出して、ああして歩いてたんだ」

「そうだったの」

と、しのぶは肯いて、「奥さんが、あの社長の三神と？」

「あんな夜中に、加代子のアパートにいたんだ。他に考えられねえ」

「そうね……。でも、それで奥さんの所へ押しかけて、どうするつもり？」

「どうって……」

と、常田は詰った。

「この先、まだ病院暮しが長いの？」

「ああ……。何しろあんなことをやらかしちまったからな」

常田は、我ながらうんざりして、「馬鹿をしたもんだ。病院だけじゃすまねえ。今度は刑務所かもしれないな」

それきり、しのぶは何も言わず、常田も朝食をきれいに平らげてしまった。

「――やあ、旨かった！」

と、息をついて、「もう――出て行くよ。迷惑かけてすまなかった」

「常田さん」

と、しのぶは言った。「もう少しここにいてよ。――ね？」

「何だって？」

「私――寂しいの」

「しのぶ……」

「好きな男がいた。妻子持ちだったけど、私はそれでも構わず、愛してた」

そうか。──常田は、なぜこの別荘に、男ものの服や、ひげ剃りの道具があるのだろう、と思っていた。

「でも、その人は結局奥さんの所へ帰って行ったわ。私も止めなかった。──いつかこうなると覚悟はしてたから」

「しのぶも……色々あったんだな」

と、常田は言った。

「そんなことで……。ね、もう少しここでのんびりしてて。昔の話でもしましょうよ。ここまでは誰も捜しに来ないわ」

しのぶの言葉は、常田にとって魅力的だった。

おそらく、今加代子のアパートへ行けば、病院の人間か警察かに、間違いなく捕まるだろう。三神へ仕返しする機会も失われてしまう。

少し日を置けば……。そうだ。加代子と三神に思い知らせてやれる方法が、他にあるかもしれない。

「いいのかい、しのぶ。世話になって」

「もちろんよ！」

と、嬉しそうに、「私もしばらく仕事は入れてないの。ここ、食べる物も飲む物も沢山置いてあるから、二人でぐうたらして過しましょ」

「ぐうたら、か」

と、常田は笑って、「そいつはいいな」

「憶えてる？　『孤島の二人』って映画」

「『孤島の二人』……。ああ！　思い出したよ。客船が沈没して……」

「そう。見たこともない二人が島へ流れつくの。人妻と、手配中の殺人犯と」

「二人は、お互い口もきかないが、やがて生きて行くために力を合せるようになり……」

「二人は愛し合うようになる……」

「そうだった」

と、常田は肯いた。「どこか伊豆の辺りの海辺でロケしたな」

「そうそう。雨が続いて、寒くってね。南海の孤島なのに、ちっとも日が射さない」

「何しろ、役者二人で済むし、衣裳も着たきりでいいってんで、ＯＫが出た企画だったからな」

と、常田は笑った。「しかし、なかなか良かったぜ」

「そうよ。二人が初めて抱き合ってキスしたとたん、救助の船の汽笛が聞こえる……」

「ああ。あのカットは良かった」

常田は遠い映像を、思い出していた。


「ここは孤島じゃないけど、あの二人になったつもりで何日か過しましょうよ」

「それも悪くない。——懐しいな！」

しのぶは、じっと常田を見つめていた。

しのぶはあえて言わなかったのだ。

あの映画のラストシーンでは、殺人犯が海へ泳ぎ出して死のうとする。人妻もまた、意を決して男を追って泳いで行き……。

二人は「死」を選んだのである。


安田圭子は、駅近くの駐車場へと入って行った。

仕事の車はほとんど出てしまって、今は半分ほどが空いている。

圭子はあの赤い小型車を探したが、見当らない。

手にしたケータイを何度も見下ろす。

夫から連絡して来るはずなのだが、一向に鳴らない。

辛抱し切れなくなって、夫のケータイへかけてみる。

「そっちからかけるなと言ったぞ」

出るなり、安田浩次は言った。

「だって、駐車場にいないじゃないの」

「すぐ近くだ」

圭子はその場で周囲を見回した。

「——どこ？　結は無事？」

「当り前だ。そこにいろ」

仕方ない。結が夫の手にある以上、逆らうことはできなかった。

駐車場の中で待っていると、外の通りに赤い小型車が停り、安田が降りて来た。

圭子は駆け出そうとしたが、安田が手を上げて、止まれと合図したので、思いとどまった。

安田は駐車場へと入って来ると、

「持って来たのか」

と、小馬鹿にしたような口調で言った。

「三十万円……。これで全部よ」

封筒を受け取ると、安田はちょっと中を覗き込んだ。

「結を返して！」

と、圭子は夫に詰め寄った。

「おい、待て。こんな金で、どこへ行けるって言うんだ」

「何ですって？　うちにお金がないことぐらい、あなただって知ってるでしょ」

と、圭子は言った。

「あの男に出させろ」

圭子は一瞬戸惑ったが、

「本多さんのことを言ってるのね。あの人は何も係《かかわ》りのない他人よ」

「お前の男なんだろう。だったら金を出したっていいじゃねえか」

「そんなんじゃないわ。ただ偶然のことで、私と結を助けて下さってたのよ。お金を出して下さいなんて、言えないわ」

「そんな話を信じると思ってるのか」

と、安田は笑って、「ともかく、この三十万は、二、三日分だ。あと五百万持って来い」

圭子は唖然とした。

「そんな大金、どうやって作れと?」

「あの男に、銀行強盗でもやってもらうんだな」

と、安田は言って、三十万円の入った封筒をポケットへねじ込んだ。

「あなた。結を——」

「だから、五百万持って来たら、返してやるよ」

と、安田は言って、立ち去ろうとする。

「待って!」

圭子が追いすがって、夫の腕をつかむと、

「おい、あの女はカッとなりやすいんだ。結に何するか分らねえぞ」

そう言われると、手を離さないわけにはいかない。

安田は足早に車へ戻って、すぐに車は走り去ってしまった。結の姿はチラッとも見えなかった。

——圭子が力なく、駅前の、本多の待っている喫茶店へ入って行くと、本多はすぐ立ってやって来て、圭子の腕を取った。

「大丈夫ですか？」

「私……」

「さあ、ともかく座って」

奥の席につくと、圭子はこらえ切れず、泣き出してしまった。

結のことが心配だったせいもあるし、あんな男を、一度は夫として愛した自分が情なかったからでもある。

やがて泣き止むと、

「すみません……」

と、ハンカチで涙を拭い、「あの人——。あれじゃ不足だと言うんです」

「そうだと思いました」

本多は肯いて、「私にいくら出せと？」

と訊いた。

16　発作

「やれやれ」

本多は、圭子の話を聞いて、「五百万ですか。そいつはちょっと大金だ」

と、苦笑した。

「本当に申し訳ありません」

と、圭子は涙をハンカチで拭って、「あんな人だったなんて……。私が馬鹿だったばっかりに、ご迷惑かけてすみません」

「そう謝らないで下さい」

喫茶店は空いていて、二人が話していても誰も気にしていない。

本多はコーヒーを飲みながら、

「五百万というのは、ふっかけているだけでしょう。百万でも取れりゃ儲けもの、くらいの気持だと思いますよ」

「でも――これ以上あなたにご迷惑は――」

「約束したじゃありませんか。あなたと結ちゃんを放っては行かないと」

「はい……。ありがとうございます」

　圭子は頭を下げた。

「しかし……。さて、どうするか、だな」

　本多はしばらく考え込んでいたが、「――奥さん、ご主人と連絡はとれるんですね？」

と訊いた。

「ええ、一応ケータイで」

「では、金ができたと連絡してみましょう」

　圭子はびっくりして、

「でも――」

「たぶん、二人は喉から手が出るほど金が欲しいでしょう。そこが弱味です」

と、本多は言った。「おそらく、金を受け取るためなら、どこへでも出て来る。向こうは結ちゃんを押えているが、本当に欲しいのは金です」

「ええ、そうですね」

「あんまり時間がかかると、向こうは結ちゃんを持て余すようになるでしょう。邪魔になって、重荷になると、何をするか分らない」

　圭子は青ざめた。

「あの子を……」

「いや、万が一にも、そうなってはいけない、ということです」

と、本多は言った。「あまり早くても信じないだろう。今夜連絡して、金を渡すと言って下さい」

「はい」

「結ちゃんを無事に取り戻すことが第一です。――金を渡す場所を、こっちで指定しましょう。五百万と言って来たが、二、三百万とれれば上出来と思っているでしょう。だから、『四百万できた』と言ってやる。向こうは喜んで、こっちの言う場所へ来ますよ」

「それで、どうするんです？」

「金は何とかして、できるだけこしらえます。まあせいぜい百五十万というところでしょうが……」

「それを四百万に見せるんですね」

「工夫してね。あなたがご主人に金を渡している間に、僕は車を見付けて、女の手から結ちゃんを救い出します」

「うまく行くでしょうか」

「やるしかありませんよ。――奥さん、いざとなれば、ご主人や相手の女を殺す覚悟が必要です」

「分りました。結のためなら、やって見せます」

圭子は力強く言って肯いた……。


「おはよう」

と言って、常田治は大欠伸《あくび》をした。

「お寝坊さんね」

と、三神彩が笑った。「よく眠れた？」

「うん、充分ね」

二人は素早くキスした。

「――あらあら」

と、永井絢子が見ていて、「せめて顔を洗ってからにしたら？」

「はい」

彩はちょっと舌を出して見せた。

「朝食の用意ができてるわ」

と、絢子は言った。

絢子はもうスーツを着て、出勤できる状態だ。

「あの人はどうします？」

と、治が訊いた。

ソファでは、黒木がまだ眠り込んでいた。

「そうね……。でも、あの人だって一応常務だしね。出社しないと」

「起こしましょうか」

「お願い。私、コーヒーをいれるわ」

絢子はキッチンに立った。

何しろ一人暮しだ。朝食といっても、大したことはしないのが普通である。

「今朝は目玉焼にハム、トースト。豪華版だわ」

と、自分でほめている。

「何かお手伝いします」

と、彩が言った。

「そう？　じゃ、コーヒーカップを出して。四つは揃ってないから、バラバラでいいわ」

「はい」

彩が食器戸棚から、モーニングカップなどを出していると、

「おい」

と、治が立っていた。

「どうしたの？」

「何だか……おかしいんだ」

「何が？」

「あの人……。いくら起こしても起きないんだ」

「え？　——絢子さん」

「起きない？　困った人ね。ちょっと待って

て」

絢子はコーヒーメーカーのスイッチを入れると、居間へ入って行き、

「――ちょっと！　いつまで寝てるの！」

と、黒木を揺さぶった。

しかし――黒木は一向に目も開けず、ただいびきをかいているばかり。

「おかしいわ」

絢子も真顔になって、「一一九番する」

「病気？」

と、彩がびっくりして覗いた。

「ただごとじゃないわ。きっと何かの発作だわね。――もしもし！」

救急車を頼んで電話を切ると、絢子はちょっと考え込んで、

「困ったわね」

と呟いた。

「私たちがいますよ」

「そうじゃないの。発作を起こしたとなると……」

「あ、そうか。奥さんが……」

「そう。知らせなきゃ。私がついて行っちゃ、却ってうまくないわね」

「僕、行きましょう」

と、治が言った。「病院がどこになるか分ってからの方がいいですね、奥さんに連絡するの」

「そうね。――じゃ、ともかく救急車に乗って行ってくれる？」

「はい」

治はテーブルに用意されたトーストを一気に食べて、「――じゃ、マンションの下で待って

ます」

「ありがとう。悪いわね」

絢子は、やっと少しショックを感じていた。あまりに突然のことで、びっくりする余裕もなかったのである。

「でも、絢子さん」

と、彩が言った。「奥さんに知らせないとか、連れて行ってほしい病院とか、……。どこか、あるかもしれませんよ」

「ああ。――そうね。よく言ってくれたわ。ありがとう。だめね、いい年齢《とし》して」

今さら迷っていても仕方ない。

絢子は、黒木のケータイを取り出すと、奥さんあてにかけた。

少しして、

「――今さら何の用？」

と、夫人が出る。

「奥様ですね」

「あなた……。永井さんね」

「そうです」

「主人とのことで――」

「聞いて下さい。ご主人が発作を起こされたようで、目を覚まされないんです。今、救急車を呼んでいます」

少し間があって、

「あの人が？」

「どこか、かかりつけの病院とか、おありですか」

「そうね……。じゃ、N医大病院へ。弟が医者をしてるわ」

「分りました」

「永井さん。あなた……」

「はい」

「——お手数かけるわね」

と、夫人が言った。

「遅いな……」

と、治は呟いた。

もう午前十時を回っている。

救急車で、黒木がこのN医大病院へ運ばれて来て二時間近くたっていた。

同乗して来た治は、

「悪いけど、奥さんがみえるまで病院にいてくれる?」

と、絢子から言われていた。

黒木は、どうやら脳の出血らしく、急いでMRIをとると言われていた。

絢子は会社へ行って、彩がマンションで留守番ということになったのである。

ナースステーションのそばで治が立っていると、やはり高校生らしいブレザー姿の女の子がやって来て、看護師に、

「あの——すみません。黒木といいますが」

黒木? 治は振り向いた。

「黒木……昭平《しょうへい》さん?」

「はい、父です」

「じゃ、今先生を呼ぶから、ちょっと待っててね」

「すみません」

「あ、その人がついて来てくれたのよ」

看護師が治を指さした。

治は、その少女としばらく見つめ合っていたが——。

「あの……」

「黒木さんの娘さん？」

「ええ」

「僕は常田治。頼まれてついて来たんだけど……」

「私、黒木美央《みお》です」

「高校生？　何年？」

「高二」

「じゃ、同じだ」

二人は少しホッとした。

「あの……母はちょっと用事があって」

と、黒木美央は言った。

「そう。――ともかく、お父さんは今、脳の検査で……」

「本当は、お母さん、父の恋人と会いたくなくて、私をよこしたんだと思う」

と、美央は言った。

「そう……。僕も、頼まれてね。きっと、やっぱり奥さんと会いにくかったんだ」

「父は……危いの？」

「さあ……。僕も家族じゃないからね。お医者さんに訊いて」

「そうですね」

美央は少し目を伏せて、「ゆうべ、父のことをお母さんが追い出して……。そのストレスのせいかな」

「いや、どうかな」

と、治は言った。「僕も詳しいことは知らないけど……」

治は咳払いして、

「それじゃ、君が来てくれたんで、僕は帰るよ。――後はよろしく」

と言った。

担当医がやって来る。

するると、美央はパッと治の手を握りしめたのだ。

治がびっくりして見ると、

「お願い!」

と、小声で、「一緒にいて!」

「でも……」

「やあ、どうも」

と、医師がやって来て、「MRIをとってるけど、まず脳の内側の出血に間違いないだろう」

「意識は?」

「まだ戻っていない。——奥さんは?」

と、医師がふしぎそうに言った。

17 奇妙な朝

「うん。——入院の手続を、って言われてる。——そうだね。——まだ眠ってる状態だって……」

黒木美央は、病院の表でケータイを使っていた。

常田治は、少し離れて、そんな美央の姿を眺めている。

黒木美央には、少し三神彩と似た感じがあった。

彩の方が美人と言えばそうだろう。しっかり者でもある。美央は頼りなげで、色白な「お嬢様」という印象。

高校のブレザーの制服が似ていることも、二人の印象を近いものにしたのかもしれない。

「——うん、分った」

美央は通話を切ると、治を捜すように周りを見回して、治の姿を見るとホッとした笑みを浮かべた。

「お母さんに連絡ついたの？」

と、治は訊いた。

「ええ。これからこっちへ来るって」

——黒木は脳出血で、すぐ命にかかわるというわけでないにせよ、目下は意識不明で、

「やはり重態」

と言われていた。

美央がそのことを母、黒木郁代へ伝えたのである。

「ごめんなさい」

と、美央は言った。「あなたのこと、引き止めちゃって」

「いや、いいんだ」

「でも——学校、あるんでしょ？」

「ちょっとサボってるんだ。わけがあってね」

「いいなあ」

「いい、って？」

「サボれるなんて……。私、サボったことない」

治は笑って、

「変なこと羨しがってるな」

美央も一緒に笑って、

「そうね。——今朝はサボってるのかな。もちろん、父の入院に付き添って、って学校へは連絡入れたけど」

「じゃ、もう学校へ行くのかい？」

「一応母が来るのを待ってるわ」

美央は、何だか心細げだった。

治を、少し見上げるようにして、

「それまで一緒にいてくれる？」

と訊いた。

治も、この少女を放り出しては帰れず、

「いいよ。じゃ、僕も電話しておく」

治は、聞いていた永井絢子のケータイへかけて、黒木の状態を説明した。

「ありがとう」

と、絢子は言った。「じゃ、適当にマンションに戻っててね」

「分りました」

「私は――これから大切な会議なの。黒木常務のことは、奥様から連絡があるでしょう」

「会社なんですね、今」

「ええ」

「大変ですね」

「大人ですもの。しなきゃいけないことが、いくつもあるの」

絢子は、黒木が倒れたことで心配でもあるはずだが、口調には少しもそんな気配はなかった。

プロだなあ。――治は感心した。

「じゃあ……どこで待ってる？」

と、治は美央に訊いた。

「母が来るのに時間かかると思うわ。どこかでお茶でも飲みたい。喉が渇いて」

「そうしよう」

二人は、病院の地下の食堂に入った。

「僕、お腹空いてるんだ」

と、治は言った。「カレーでも食べよう」

「あ、私も」

と、美央は言って、少し照れたように、「朝、ろくに食べなかったの」

二人は結局、可もなく不可もないカレーライスを一緒に食べることになった……。

「それって……本当?」

美央が呆気にとられている。

「うん……。どうして?」

カレーを食べた後、治は、どうして永井絢子のマンションに泊ることになったのかを説明したのだ。

「駆け落ちしたの?　本当に?」

と、美央が訊く。

「あんまり大きな声で言うなよ」

と、治は苦笑して、「そんな格好いいもんじゃない。二人同時の家出さ」

「でも、やっぱり駆け落ちよ。——凄いなあ!」

美央は目を輝かせて、「私と同い年齢《おなどし》で、駆け落ちなんて!」

「でも——永井さんたちに会わなかったら、どうなったか……」

「勇気あるわ!　私、とてもそんなことできないもの」

と言ってから、美央は、「もちろん、駆け落ちする相手もいないしね」

と、急いで付け加えた。

美央があんまり面白がって、感激するので、治は結局自分と彩の父親のことまで、すっかり話して聞かせることになった……。

「ドラマみたい」

「でも現実さ。——親父は入院してるし、お袋は毎晩遅くまでバーをやってる」

「三神彩さんって子のお父さんは社長さんなの

ね。因縁話みたい」

美央があんまり無邪気に面白がるので、治は笑ってしまった。

「お母さんは心配してらっしゃるでしょうね」

と、美央は言った。

「少しはね。でも、僕のことは大人扱いしてくれる。たぶん、信じてくれてるよ」

「すてきだわ」

美央はため息をついて、「うちなんか、父も母も他人みたい。母は父の勤めてる会社の社長の姪だから、いつも偉そうにしてて、父は可哀そうみたいだわ」

「それで浮気してたのかな」

「たぶんね。——もちろん、浮気していいとは思わないけど……。でも、父を怒る気にはなれないわ。——入院して、回復するのかしら」

「どうかな。——さっき、医者も言ってたろ。あれだけひどいと、後遺症が残るだろうって」

「そうね……。母が父を見捨てなきゃいいけど」

美央は本気で心配しているようだった。

「もしもし、木下《きのした》君？」

事務所の電話へかけて、織原しのぶは言った。

「しのぶさん！　どこからかけてるんですか？」

しのぶのマネージャー、木下は三十代半ばの男である。

「ちょっと遠くから」

と、しのぶは言った。「あの世ほどじゃないけどね」

「冗談言ってる場合じゃないですよ」

と、木下は苦々しげに、「ゆうべTVの収録あったの、忘れてたんですか?」

「TVの収録? そんなのあった?」

「ほら、クイズ番組の回答者の仕事です」

「ああ。――あんなもの、誰だっていいわよ。ね、少し休みたいの。社長さんにそう言っといて」

「休むって……。どこかに行くんですか?」

「休みは休みよ。じゃ、よろしくね」

「待って下さい! それだけじゃ社長に――」

と、木下が言いかけるのを、しのぶは構わず切ってしまった。

「――これですっきりした」

と呟くと、

「おい、しのぶ」

常田広吉が、何だか体に合わないガウン姿でやって来た。

「あら、寝てたんじゃないの?」

「そう寝てばっかりいられるか」

と、常田は苦笑して、「世話になったが……。やっぱり女房の所へ行ってみる。いや、三神のことは、何かわけがあるのかもしれんって気がしてな」

「だめだめ!」

しのぶは常田に抱きつくと、チュッとキスして、「二、三日はここにいるって約束よ!」

「そりゃそうだが、今ごろ心配してるだろうし――」

「大丈夫よ。二日や三日、すぐたつわ。私、帰さないから」

「おい、しのぶ――」

「ちゃんと約束通りに二、三日とどまってくれたら、黙って帰してあげるわ」

常田は笑って、

「分った。お前にゃかなわない、でしょ」

「女にはかなわない」

「ああ、そうだな。——全くだ」

常田は伸びをして、「ちょっと風呂を使わせてもらっていいか？」

「ええ。——待ってて。仕度するから」

しのぶが小走りに行ってしまうと、常田は電話へ手を伸した。

「——はい」

眠そうな声が出た。

加代子だ。——かけたものの、何を話していいか分らない。

「もしもし！」

加代子が急に勢い込んで、「治なの？　治なのね？」

治だと？

「俺だ」

と、常田は言った。

「まあ……」

「心配かけて、すまん」

「それはいいけど……。今、どこに？」

「ちょっと、知ってる人の所に世話になってる」

と言ってから、「——加代子。俺が殴った奴はどうなった？」

「けがはしたけど、大したことないって」

「そうか……」

ホッとして息をつく。「——加代子。今、治なのかと訊いてたが……」

「ええ、あの子、出てっちゃったの」

「家出か」

「というか……。でも大丈夫よ、あの子は」

「うん。しかし――」

「あなたはちゃんと病院へ戻って。ね？」

「分ってる。少ししたらな」

「ともかく、私には言って。どなたの所なの？」

常田が迷っていると、

「お湯は熱めの方がいい？」

と、しのぶが訊く声がして、

「またかける」

と、常田はあわてて受話器を置いた。

「――ね、お湯は熱い方がいい？」

しのぶがやって来る。

「ああ、その方がいい」

と、常田は言って、「すまないな。適当にやるから」

「ゆっくり入って」

しのぶはニッコリ笑った……。

――常田が風呂へ入るのを、しのぶは音で確かめると、ふっと真顔になる。

常田が妻の所へ電話しているのは聞いていた。

きっと、あと二、三日はいないだろう。

「――仕方ないわ」

と、しのぶは呟いた。

今日一日。ともかく今夜だけは、ここに泊るようにさせるのだ。

今夜やるしかない。

しのぶは、寝室へ入って行くと、隠し戸棚を開けた。

小さな引出しから、布の袋を取り出すと、

「これのお世話になる日が来るなんて……」

と、小さく笑って、しのぶは袋をガウンのポケットへ入れた。

18　風向き

「黒木はどうした」

社長の馬渕《まぶち》の声には、はっきりと苛立ちがあった。

馬渕の後ろに控えている女性秘書は、

「特にお休みという連絡はありません」

と言った。

「こんな大切な会議に！　連絡は取ったのか」

「あの——時間がなくて」

「電話ぐらいかけられるだろう！」

「はい！　すぐかけてみます」

秘書はあわてて会議室から飛び出して行った。

社長の馬渕は、出席している課長以上の全員を見回していたが、

「永井君、何か聞いてないか」

永井絢子は冷静に、

「特に何も」

と答えた。

絢子は黒木の下にいるので、馬渕が声をかけてもふしぎはない。

むろん、絢子は黒木が発作を起こして入院していることは承知だが、そうは言えないのである。

確かに、この会議で一番大きな議題が、黒木抜きでは検討できないのだ。馬渕が苛立っているのも分る。

そこへ、

「失礼します」

と、会議室へ入って来たのは、絢子の課の部

下。「課長、黒木常務の奥様からお電話が」

「ありがとう」

絢子は急いで席を立ったが、馬渕が振り向いて、

「ここへ電話を回せ。郁代なら、俺が出る」

と言った。

「一旦私が取ります」

絢子は、会議室の電話が鳴るとすぐに出て、

「永井でございます」

「主人は命を取り止めたけど、まだ意識不明よ」

と、黒木郁代が言った。

「それは——ご心配ですね」

絢子は急いで、「今、会議室の電話に。社長がお話したいそうです」

立って来た馬渕へ、絢子は受話器を渡し、

「常務は脳出血で倒れられたそうです」

と言った。

「そうか。——もしもし、郁代か」

黒木の妻は馬渕の姪である。馬渕が郁代を可愛がっていることは、絢子も知っていた。

「——よし、分った。後で俺も行く」

馬渕は電話を切って、席に戻ると、黒木の病状について説明した。

「当分仕事には復帰できんだろう。永井君。資料の説明はできるか」

「これは——私が直接係りませんでしたので。常務の指示で、私は都内の担当でした」

「地方は誰がやった?」

「係長の柴田です」

「ここへ呼べ。説明させる」

「それが——柴田は退職しています」

「辞めた？」

「人員削減の対象になりました。昨日で終りということで……」

「やれやれ」

絢子は、ふと思い付いて、

「今日は自宅にいるでしょう。連絡してみましょうか」

「うむ。――そうだな」

「他の議題を先に進めて下さい。連絡を取ります」

絢子は、自分のケータイを手に急いで会議室を出た。

廊下で、柴田のケータイへかけたが、なかなか出ない。三度目にやっと、

「はい……」

と、呻き声のような柴田の声が聞こえて来た。

「柴田さん？　永井絢子よ」

「ああ……。ゆうべはどうも」

「寝てたの？」

「今日は思いっ切り寝てやろうと思ってね。職探しは明日からだ」

「あのね、すぐ会社へ来てくれない？」

「――今、何て言った？」

柴田は、やっと目が覚めたようだった。


「以上が、このデータの意味です」

と、柴田は言った。

「なるほど」

馬渕は資料を眺めて、「今の説明で、この数字の見方は分った。しかし、この数字からどういう結論が出るんだ？」

と、柴田へ訊いた。

「それは……」

柴田はちょっと迷って、「私はデータを収集しろと言われただけでして。後は黒木常務が、ご自分で判断すると……」

「ふむ」

「柴田係長の言う通りです」

と、絢子が言った。「私も常務に伺ったとき、そう言われました」

「その黒木は倒れて、意識も戻らん」

馬渕はため息をついて、「永井君、君がこのデータを検討して、大至急結論を出してくれ」

絢子もすぐには返事ができなかった。

「――社長。もちろん努力しますが、このデータを直接集めた柴田係長の力を借りたいと思います。じかに地方まで足を運んでいる人でないと、分らないことが多々あると思いますので」

絢子の言葉に、馬渕は肯いて、

「分った。そうしてくれ」

「ですが、それには柴田係長を復職させませんと」

「そうか。そうだったな。――よし、昨日で退職したのか？」

「はあ」

と、柴田は言った。

「では今日から復職だ。元の肩書で良かろう」

馬渕はそう言って、「俺は病院へ行ってみる。姪が取り乱しているだろうからな」

と、立ち上った。

会議は終り、みんなゾロゾロと会議室を出て行く。

柴田は、当惑しながら席に残っていた。

そして絢子も。

二人きりになると、絢子は柴田のそばへ行って、

「怒ってる?」

「僕が?　いや……。わけが分らないだけさ」

「勝手だと思うでしょうね」

「そりゃそうだな。——これで黒木常務が復帰したら、またクビか」

「そうはさせないわ。ちゃんと社長に念を押しておく」

柴田は会議室の中を見回して、

「何だかすっきりしないが、新しい仕事を見付けるのは容易じゃないだろうしな」

「そうよ。給料も下がらずにすむわ」

「まあ……君に礼を言わないとな」

「そんな必要ないわ。あなた自身の力よ」

柴田はちょっと笑って、

「これで女房に逃げられずにすむかな」

と言ってから、「——いや、ごめん。黒木さんのことが心配だろ?　笑ったりして、申し訳ない」

「いいのよ。どうせ、これで黒木さんとも終りだわ。奥さんに知れてるのよ」

絢子は、黒木が倒れた事情を話した。

「——そうだったのか」

「ゆうべは私のマンションで四人寝てたのよ。妙な夜だったわね」

「さて」

と、立ち上ると、柴田は、「しかし、僕の机はないんだよな」

「そうね。机のことは忘れてたわ」

絢子は笑って、「ともかく、復職を祝って、今日は帰りに一杯やりましょ」

と言ったのだった……。

「いや、自分の金を下ろすのが、こんなに面倒だとは……」

と、本多は銀行を出て苦笑した。

「大丈夫でしたか？」

と、銀行の外で待っていた安田圭子が訊いた。

「今は、『振り込め詐欺』防止で、ちょっとまとまった金を引き出そうとすると、やかましいんですよ。『何に使うんだ』とか訊かれて……。ともかく、百万、下ろして来ました」

「申し訳ありません」

「この金が役に立てばいいんですがね」

本多は少し考えて、「車があった方がいいな。――僕は一人になったとき、必要ないと思って、車を売っちまったんですよ」

本多は足を止め、

「免許証は持ってます。そこでレンタカーを借りましょう。たまには運転しますから、大丈夫」

本多は、あまり目立たない黒の車を借りると、圭子を乗せて、彼女の家へと向かった。

「もう大分昼を過ぎてる。何か途中で食べましょうか」

と、本多が言うと、圭子は急に大粒の涙をこぼした。

「どうしました？」

「すみません……」

と、圭子は涙を拭って、「結が、ちゃんと食べさせてもらってるかしらと思うと、つい……」

「分ります。しかし、結ちゃんに泣かれでもしたら困るでしょう。きっと大丈夫。大事にしていますよ」

「ありがとうございます……」

圭子は笑顔を作った。

二人は車を和風レストランのチェーン店に入れて、ソバを食べた。

「どこかでガソリンを入れておきましょう」

と、本多は言って、「――ガソリンか」

と、何やら考え込んだ。

「どうかしまして？」

「いや……。ご主人とあの女ですが、金を受け取って、車でどこかへ行くつもりでしょう。すると、その前にガソリンを入れておこうと思うんじゃないでしょうか」

「そうですね」

「あの近くのガソリンスタンドに寄ってみましょう。赤い小型車だ。誰かが憶えているかもしれない」

店を出ると、二人は車であの駅の近くへ行った。

「いつも使っているのは、あのガソリンスタンドです」

と、圭子が指さす。

「慣れた所に寄るかもしれないな。――行ってみましょう」

本多がハンドルを切って、そのガソリンスタンドへ車を入れた。

「いらっしゃいませ」

と、若い男が駆けて来て、「――あ、どうも」

と、圭子を見て挨拶する。

「こんにちは」

と、圭子は車を出て、「主人の車、来たかしら？」

と訊いた。

「あの赤い車ですね。今日ここへ来たんですが、他の方が運転されてたんで……」

「他の人？」

「ええ、女の方が」

圭子は、本多と顔を見合せた。

「女の人、一人だった？」

「ええ」

「じゃあ……きっと主人が親戚の子に車を貸したんだわ」

と、圭子は言った。

「満タンにしてくれ」

と、本多は言って、「実は、その赤い車、ちょっとブレーキの調子が良くないんだ。この人のご主人が、それを言わずに貸してしまったらしいんだけどね。どっちに向かって行ったか、憶えてるかい？」

「向こうです」

と、手で示して、「隣の駅へ行くには、この道でいいのかって訊いてましたよ」

「隣の駅？」

「ええ、この道だと、途中で狭い一方通行の道を抜けないといけないんですよね」

――隣の駅へ？

本多は、圭子の方へ、

「隣の駅に何かありますか？」

と、小声で訊いた。

19　暗い沼

「隣の駅……」

圭子は眉を寄せて考え込んでいたが、「すみません。何も思い付きません」

「隣の駅へ行くことは？」

と、本多が訊いた。

「ええ、ときどき」

と、圭子は肯いて、「スーパーの大きいのが駅ビルに入っていて、値段も安いので」

「なるほど」

本多は、ガソリンが入ると、「では、我々も隣の駅に行ってみましょう」

と、車を出した。

「何か分るでしょうか」

「行ってみれば、何か思い出すかもしれませんよ」

と、本多は言った。

「そうですね……。何でも、やれることはやらなくちゃ」

「そうですとも。前向きに考えましょう。くよくよしているより、まず行動です」

圭子は助手席で微笑んだ。

常田広吉は身仕度をした。

といっても、着ているものは自分の服ではない。織原しのぶの別荘には、男がよく泊ったのだろう、クローゼットに男物の服がいくつも並んでいる。

その中で、自分が着てもおかしくなさそうなものを選んで着てみたのである。

むろん、サイズは多少違うので、上着の脇の辺りが少しきつかったが、何とか大丈夫だろう。

鏡に映してみると、どうにも似合わないが仕方ない。

「これでよし、と……」

口に出して言うと、「さて……」

黙って行ってしまうわけにはいかない。

しのぶに礼を言わなくては。それに、ここからどこをどう行ったらいいのか、見当もつかない。

「しのぶ……」

常田は、廊下へ出て呼んでみた。

「――おい、しのぶ。どこにいる？」

と、常田は、寝室のドアをそっと開けた。

中は薄暗かったので、常田は中へ入らず、そのままドアを閉めようとした。

すると中から、

「待って」

と、声がした。

「しのぶ……。寝てたのか」

「大丈夫」

しのぶが暗い中で言った。

「すまん、しのぶ」

と、常田は頭を下げた。

「いやね。何を謝ってるの？」

「俺は……行くよ。お前には申し訳ないんだが」

「行くって、どこへ？」

「ともかく、一度家に帰る。――実は息子が家出したらしいんだ。女房がどうしてるか、心配だしな」

「そう……」

「お前が親切にしてくれたことは忘れないよ」

「でも、どうやって帰るつもり？」

「いや……。それを訊こうと思って。――駅はどこが近いんだ？」

しのぶの笑い声が聞こえた。

「——ここはね、車でないとどこにも出られないのよ」

「歩いちゃ無理なのか。タクシーとか呼べないかな」

「どうしても行くって言うのなら、送ってあげるわ、私が」

「いや、それは……」

「遠慮しないで。大した手間じゃないし」

「それじゃ申し訳ないよ」

「その代り、一時間ほど待ってて」

「一時間？」

「ええ」

「それぐらい構わないが……。だけど、お前は寝てるのか？」

「こっちへ来て」

「そっちへ？」

「そう」

常田は、薄暗い寝室の中へと、ゆっくり足を運んだ。

広いベッドのそばまで常田がやって来ると、突然しのぶがベッドから起きて、床に下り立った。

常田は息を呑んだ。——しのぶの白い裸身が、目の前に立っていた。

「しのぶ……」

「どうしても帰るって言うなら止めないわ」

しのぶは常田の首に腕を回して、「でも、帰る前に、私を抱いて」

「おい……」

「一時間でいいわ。私を抱いて」

「しかし……俺みたいな、くたびれた奴じゃなくても……」

「ずっと昔から、あなたに抱かれてみたかったのよ」

しのぶが常田を引き寄せる。

「だけど……俺なんて、もう役に立たないかも……」

「分らないでしょ、そんなこと」

しのぶが常田にキスして、「奥さんのことは忘れて。——ね？」

常田としては、ここで妻を裏切りたくはなかった。しかし、しのぶに助けてもらったという気持もあったし、それに四十を過ぎてもまだ充分に若々しいしのぶの体を腕に抱くと、長く忘れていた欲望がカッと燃え立ってくるのを感じたのだ。

「しのぶ……」

常田はしのぶを抱きしめ、そのままベッドへともつれ込んだ。

そして……。

一時間では終らなかった。

二時間近く、常田はしのぶの肌に我を忘れてのめり込んだのだった。

「——参った！」

息を切らして、常田は仰向けになった。

「これ以上は無理だ！　心臓がもたないよ」

しのぶは、少し汗ばんだ肌を寄せて、

「常田さん……。すてきだったわ」

と囁いた。

「そうか？　ま、お世辞でも嬉しいよ」

常田の胸が、大きく上下していた。

「また汗かいちゃったわね」

「ああ……。少し休んでから、シャワーを浴びよう」

常田は、帰りたくなくなっている自分に気付いた。しかし、冷静に考えれば……。

「何だか、こうしてると、昔のしのぶを抱いたような気がする」

「あら、おばさんで悪かったわね」

「そうじゃない！　お前は本当に若くてすてきだな」

「ありがとう」

しのぶは、しばらく黙って常田の胸に頰を寄せていたが、

「――じゃあ、車で送るわ」

と、起き上った。「そこがシャワールームだから、汗を洗い流して」

「うん……」

自分から、どうしても帰ると言い出しておきながら、一度しのぶの若々しい肌を知ってしまうと、帰ると言ったのは、

「早まったかな」

と悔んでいる常田だった……。

しのぶの方はベッドを出ると手早く服を着て、

「あわてなくていいわよ。私、車を出しておくわ」

と、常田に言った。

「うん。――すまない」

「汗かいて、喉、渇いたでしょ。シャワー浴びたら、下で冷たいものでも飲んで」

「ありがとう」

しのぶは寝室から出て行った。

常田は伸びをして、

「ああ……。久しぶりだったな」

と、つい口に出して言っていた。

もう女なんか縁がないと思っていたが、しの

ぶの魅力のせいだろうか、自分でもびっくりするほど「頑張れた」のである。

「ま、これで引き上げるのがいいかもしれないな」

と呟きつつ、常田はベッドを出た。

――シャワーで汗を洗い流し、バスローブを着て寝室へ戻ると、ひどく喉が渇いていた。

一階へ下りて行くと、しのぶが玄関から上って来たところで、

「車、前につけておいたわ」

「ありがとう。喉が渇いてな」

「じゃあ、冷たいお茶でも。――来て」

しのぶは、台所でグラスに冷たい緑茶を注ぎ、

「はい、どうぞ」

「うん。――やあ、これは旨い」

と、一口飲んで、「やっぱり日本のお茶はいいな」

続けて一気に飲み干してしまう。

「ご苦労さま」

と、しのぶは空のグラスを受け取ると、流しに置いて、「常田さん。――あなたのことは忘れないわ」

「しのぶ……」

「ごめんなさい。――本当にごめんなさいね」

しのぶは伸び上ってキスした。

「どうして謝るんだ？」

と、常田は笑って、「おっと……」

少しふらついて、台所のテーブルにつかまる。

「何だか……目が回るな。年がいもなく、張り切り過ぎたか」

と、冗談めかして言ったが、冗談ですまないことは、すぐに分った。

膝から力が抜け、常田はズルズルと床に座り込んでしまった。

「おい……。どうなったんだ、俺は」

「ごめんなさい」

と、しのぶは言った。「お茶に薬が入っていたのよ」

「何だって……。どういうこと……」

常田は目の前が暗くなって、手を伸し、

「しのぶ……。どこにいるんだ？」

「ここにいるわ。見ていてあげる。あなたが死ぬのを」

「死ぬ？　俺が……どうして……」

常田の口がもつれて、言葉にならなくなった。

そして、ぐったりと床に横たわったときには、もう床の冷たさも感じなくなっていた……。


グラスが一つ、床に落ちて砕けた。

加代子はハッと息を呑んで、足下に散らばった破片を見下ろしていた。

「どうしたんですか？」

ルミがやって来て、「危いわ。けがしませんでした？」

「ええ……。私は大丈夫」

加代子はカウンターにつかまって、「少しめまいがしたの」

と言った。

「まだお店開けるまで時間ありますよ。休んで下さい。私、片付けますから」

「悪いわね」

常田加代子は、バーの奥へ入って、畳の上に座った。

妙な疲労感があった。

夫が病院を逃げ出し、治は家を出てしまった。——やはり、加代子にとってショックであることは間違いない。

ケータイが鳴って、急いで出ると、

「三神だ」

「ああ……。どうも」

「何か分ったか？」

「いえ、まだ何も連絡ありません。——そちらはお嬢さんから何も？」

「うん、何も言って来ない」

三神は少し間を置いて、「ゆうべは悪かったな」

「いいえ。お互いさまでしょ」

「そう言われると……。うちの女房も、口うるさいんでな」

「スターなんて、そんなものですよ」

「スターか」

と、三神は苦笑しているようだった。「まだ家か」

「もうお店です。まだ開けてませんけど」

「そうか。——今度寄るよ」

と言って、三神は切った。

加代子は、何かふしぎな孤独感に包まれて、畳の上にじっと座っていた。

20　心変り

「ごめんなさいね」

織原しのぶは、何度も常田広吉に詫びていた。

もうとっくに常田には聞こえなくなっていたのだが。

「ごめんなさいね」

と、しのぶはまたくり返して、「私、一人で死にたくなかったのよ。——ね、許して。私もじき追いつくから」

常田は冷たい床に倒れて、今はしのぶが毛布をかけている。

「——最後の一杯ね」

しのぶは、特別に高価なワインをあけるとグラスに注いだ。

「もったいないけど、仕方ないわ」

丸ごと一本飲むわけにもいかない。今さら「もったいない」もないか、としのぶは苦笑した。居間のソファに落ちつく。

「——それにしてもよく効いたわ」

小さな布袋を指でつまんで振ってみる。

ずっと前、海外ロケで東南アジアへ行ったとき、現地のガイドをしてくれた男からもらった毒薬だ。

「苦しくない。眠くなるだけ……」

と、その男は言った。

当時、しのぶは恋人だった男に暴力を振われて苦しんでいた。気のやさしいガイドは、しのぶの悩みを聞いて、同情してくれた。

しのぶはそのガイドのおかげでずいぶん気持が楽になったのだ。——帰国する前の晩、そのガイドがしのぶの部屋へやって来て、これをくれたのである。

半信半疑だったが、彼の気持が嬉しくてもらっておいた。

その恋人とは、帰国してすぐに別れた。幸い、その男が酔って暴れ、他人にけがをさせて逮捕されたのである。

この毒薬は使わずにすんだ。そして今日、初めて使ったのである。

確かに、常田はほとんど苦しまずに死んだ。

「これならいいわね」

しのぶは水のコップを目の前のテーブルに置くと、布袋の口を開け、中の粉末を水に入れた。——量はさっきの常田のときと同じくらい。

スプーンで二、三度かき回すと、粉は溶けてしまった。——さあ、これでいい。

これで恋の悩みともおさらばだ。

遺書？　そんなものはいらない。——世間は織原しのぶがなぜ自殺したか、色々噂するだろう。

とっくに映像の世界を引退した男がなぜ台所で死んでいたかについても、首をかしげるだろう。

「でも、あの人には分るわ」

桑原央之《くわはらひさゆき》。——しのぶの愛した男だ。

そう。桑原にだけは分る。それで充分だ。

「乾杯」

と、コップを取り上げて、口もとへ運ぶ。

その手が止った。

ここで死んでいることが分るのは、いつごろだろう？　マネージャーの木下にも言わなかった。

しばらく休むと言ったから、数日間連絡がつかなくても心配しないだろう。

発見されたときには……。

しのぶの脳裏に、腐り果てて見分けのつかなくなった自分の姿が浮かんだ。

「こいつは誰だ？」

と、見付けた人は言って、顔をそむけるだろう。

そして女優だったと知ったら、

「こんな姿になっちゃおしまいだな」

と呟くことだろう……。

突然、恐怖がこみ上げて来て、しのぶは反射的に水のコップを投げ捨てた。コップは戸棚の角に当って砕け、水がカーペットに吸い込まれて行く。

「死ぬ？　——私が？　どうしてそんなこと、考えたのかしら！」

思わず立ち上っていた。

私には仕事がある。そうよ！　私は女優なんだもの！

青ざめ、震えていた。「死」が、すぐそこまで来ていたことを考えてゾッとする。

そして——そのとき、玄関のチャイムが鳴ったのである。


せかせかと二度。

「まさか……」

あの鳴らし方は、あの人のいつものやり方だ。でも……ここに来るはずがない。

それでも、我知らず、しのぶは玄関へと走った。ドアを開けると、

「良かった！　ここにいたんだね」

と、桑原が言った。

しのぶは呆然として、

「どうしたの？　——お宅に帰ったんでしょ？」

「それがね、女房と話したら、何とあいつも他に好きな男ができて、浮気してたんだ」

「え？」

「別れようって向こうが言い出した。——悩んでたのが馬鹿らしくなったよ！」

「まあ……」

「中へ入れてくれよ。——いいだろ？」

「ええ、もちろん……」

桑原はシナリオライターで、しのぶは映画の撮影のときに知り合ったのだ。

「——もう邪魔になるものはない！　しのぶ、結婚しよう！　いいだろ？」

「そりゃあ……。でも、本当なのね？」

「嘘ついてどうする？　子供は女房が連れて行くが、僕も会えるようにする。何しろ、どっちも恋人がいたんだ。お互い五分五分でいいってことになった」

「そんなこと……。夢みたいだわ」

しのぶは思い切り桑原に抱きついた。

「祝杯を上げよう！　ワインか何かあるかい？」

「ええ。一番いいワインをあけたところよ」

「そいつはいいタイミングだな！　台所？」

「ええ、テーブルの上に——」

と言いかけて、しのぶは、「待って！」

呼んだときには、もう桑原は台所へ入って行っていた。

——しのぶは立ちすくんでいた。

少し間があって、桑原がポカンとした顔で戻って来ると、

「台所で寝てるのは誰だ？」

と訊いた……。


「このスーパーに、よく来るんです」

と、棚の間を歩きながら、安田圭子は言った。

かなり広いスーパーで、今は買物客の多い時間だろうが、そう混み合っているように感じな

い。

「――でも、特別なことは思い出せないんです」

と、圭子は言った。

「仕方ありませんよ」

と、本多が慰めるように言った。

この駅の周辺を車で回ってみたが、駐車場にも、赤い小型車は見当らなかった。

「広いんだな、本当に」

と、本多は足を止め、「ちょっとトイレに行って来ます」

「ええ。その先ですわ、確か」

と、圭子は指さして、「この辺を見ています」

本多が行ってしまうと、圭子は、何も買うわけではないので、ただブラブラと歩いていた。

「あら、安田さん?」

びっくりして振り向くと、ご近所の奥さんである。

「あ、どうも……」

「珍しいわね、ここで会うの」

「ええ……」

「ここ、冷凍食品が沢山あるでしょ。まとめ買いするのよ」

「あ、私も」

「まだこれから?」

その奥さんは、圭子のさげたカゴが空っぽなのを見て言った。

「ええ……」

「私も冷凍ものはこれからなの」

と、その奥さんは言った。「どう? お茶でも飲まない?」

「あ……。でも、ちょっと……」

「ほら、すぐそこにあるじゃない。買物の途中でも大丈夫なのよ、そこ」

スーパーの内側を少し仕切って、ティールームにしてある。

あそこなら、本多が戻って来ても目に入る。

——圭子は、夫がこの奥さんのご主人とよく出かけているのを思い出したのである。

二人で座って、レモンティーを飲む。

「男はお酒飲んで帰れるからいいわね」

と、その奥さんが言った。「私たちは酔っ払って帰るわけにいかないものね」

「私、もともと弱いから……」

「そうなの？　私、勤めてたころは強かったのよ！　同期の男と飲み比べして、負けたことなかったわ」

「まあ、凄い」

「今じゃ、子供がいるから……。子供が大きくなって、手がかからなくなったら、また飲んでやる。亭主がびっくりするだろうな」

と、笑って、「——ねえ、安田さん」

「え？」

「ご主人、大丈夫？」

「うちの主人が何か？」

「うん……。私がこんなこと言ったなんて、言わないでね」

「ええ、もちろん」

「よくうちの人と飲みに行くでしょ、ご主人」

「そうね」

「どこのお店か知ってる？」

「いいえ。——この辺でしょ？」

「そう。駅の反対側の〈R〉ってバーなの。そこで、私と自治会で親しい奥さんがね、二人を見たんですって」

「ご主人とうちの……」

「ええ。それでね、〈R〉のママっていうのが、結構若くてきれいな女らしいのよ。私、見たことないけど」

「それで……」

「ご主人にね、明らかに色目つかってるんですって。ご主人の方も、満更じゃないみたいでね、その奥さんに言わせると、『あれはもうできてるわね』って」

「まあ……」

「はっきりした証拠がある話じゃないけどね。でも用心した方がいいわよ」

「ありがとう」

と、圭子は肯いた。「駅の向こう側の〈R〉ね……」


「確かに死んでる」

と、桑原は言って、台所の椅子にかけた。

「――とんでもないことになったな」

「まさか……こんなことになるなんて」

と、しのぶは言った。

毛布をかけられて床に横たわる常田は、いくらしのぶが祈っても、手品のように消えてなくなりはしなかった。

「僕が先に電話でもして、知らせておけば良かったな」

と、桑原は首を振って、「そうすればこんなことには……」

「もうやってしまったことだわ」

と、しのぶは言った。「運が悪かったのよ、この人も、私たちも」

「どうする?」

二人はしばらく黙っていたが、

「私、せっかく幸せになれるのに、諦めるのはいやだわ!」

と、しのぶが言った。

「しかし――」

「常田さんは施設を逃げ出したのよ。私が車に乗せたことも、ここへ連れて来たことも、誰も知らないわ」

「そうか……」

「気の毒だけど……。この死体を、どこかへ捨てましょう」

「捨てるって……。そううまくいくかい?」

「私にはこの人を殺す動機なんてないわ。この人の身許が分ったとしても、私につながる手掛りなんてないもの。大丈夫よ」

「そうだな……。じゃ、どこへ捨てる?」

「この辺は色々あるわ。林の奥でも、湖でも……」

「よし。――じゃ、車に積んで、運び出そう」

桑原も、常田に同情する気はまるでないようだった……。

21　さすらう死体

「いくらでも捨てる場所はある」

はずだった。

しかし、織原しのぶも桑原も、いざ実際に常田の死体を捨てようとすると、それが容易なことでないと思い知らされることになった。

まず、常田の死体を運び出して車のトランクへ入れるのがひと苦労である。

さほど太っているわけでもない常田だが、ぐったりしていると、信じられないほど重い。それに、いくらめったに人が来ないとはいえ、たまには宅配便が届くこともあれば、道が分らなくなったドライブ中の若者たちが、道を訊きに来たりもする。

こういうときに限って、誰かやって来るものだ。

しのぶと桑原は、まず大きな毛布を広げてその上に常田の死体を横たえ、くるんで紐をかけることにした。

やはり、「死体を運んでいる」と思うと二人とも力が入らず、汗ばかりかいて、なかなか運べないのだった。

毛布の上に常田を下ろしたのが三〇分後。毛布でくるんで、紐をかけるといっても、

「紐、あるのか？」

「そう言われると……。まさか、こんなことになるなんて思わなかったもの」

と、しのぶはため息をついた。

それでも、何とか紐を見付けて来た。

その紐をかけるのが、また大変なことで、力をこめてギュッと引張ると、せっかくかけた紐がスポッと抜けてしまったり……。

しのぶは、桑原が、そういうことにかけては、信じられないほど無器用だということを初めて知ったのだった。

それでもやっと「荷造り」が終って、今度は外へと運び出す。

二人がかりでも楽ではなく、表に出て下ろしたときは二人とも汗だくになっていた。

「車をここへ着けるよ」

と、桑原は言って、少し脇の方へ駐車してある自分の車へと駆けて行った。

「ああ……」

しのぶは、ともかく足下の「荷物」を片付けることで頭が一杯。良心も痛まなければ、常田を哀れに思う気にもならなかった。

すると——別の方角から車の音がした。

「え？」

振り向いて愕然とする。

本当に、宅配便の小型トラックがこっちへやって来るところだったのだ。

「嘘でしょ！　よりによって、こんなときに来なくたって……」

どうしよう？

迷っている余裕はなかった。しのぶは足下の「包み」をできるだけ隠すように立ったが、とても隠し切れない。

「どうも。——宅配便です」

と、制服の若者が降りて来て、後ろの荷台を開けると、デパートの包装紙の箱を持って来た。

「お届け物ですね。伝票にサインしていただけますか」

「あ……。はい」

心ここにあらずというか、まるで自分が宙へ舞い上っているかのような気分で、サインをする。

「ありがとうございます！」

と、元気よく言うと、「あの……女優の織原しのぶさんですよね」

「ええ……まあ」

「うちのお袋が大ファンで。僕もよく見てます。TVとかで」

「ありがとう……」

この人ったら、何を呑気なこと言ってるんだろう？　私の足下に死体の包みがあることぐらい、見れば分りそうなものなのに。

「あの――お袋、びっくりさせてやりたいんで、手帳にサインしてもらえます？」

「ああ……。もちろん」

手早くサインすると、

「やあ、嬉しいな！　お袋、大喜びしますよ」

と、その若者はニッコリ笑って、「それ――荷物ですか？　預かりましょうか」

「え？」

「どこかへ送るんじゃ？」

「いえ――そうじゃないの」

「そうですか。何かお手伝いできることがあったら、おっしゃって下さい」

「ありがとう……」

この人、本当に分らないのかしら？　この毛布にくるんであるのが「死体」だってことが。

「ありがとうございました！」

若者はトラックに戻り、Uターンさせて去って行った。

しのぶは、力が抜けてその場に座り込んでしまった。

桑原の車が目の前に停る。

「おい、大丈夫か？」

「ええ……。手を貸して。私、一人じゃ、とても立てない」

桑原にしがみつくようにして、しのぶは何とか立ち上った。

「今の奴、怪しんでなかったのか？」

「そうらしいわ。私たちは何が中に入ってるか知ってるけど、知らない人は、まさか死体だとは思わないんでしょ」

「そんなもんか。――さ、トランクへ入れよう」

しのぶは、今の出来事のおかげで、死体を扱ってもそう動揺しなくなった。車のトランクへ入れて、ホッと息をつく。

「さあ……。どこへ運ぼうか」

と、桑原が汗だくになりながら言った。

「そうね。考えなきゃ」

と、しのぶは言った。「私、こんな重たい物を運んで、お腹が空いちゃったわ。車で、どこか食事のできる所に行きましょうよ」

しのぶの言葉に、桑原は目をみはって、

「これをトランクに入れたままかい？」

「ええ。大丈夫よ。勝手に車のトランクを開ける人なんかいないわ」

「そりゃそうだろうけど……」

「心配しないで」

しのぶは明るく言って、「私、何もかもうまく行くに違いないって気がしてるの」

「そうかい？」

「さ、運転してね。私、ステーキが食べたいわ！」

しのぶがさっさと助手席に乗り込む。

桑原の方は、それでもまだ少々不安そうだったが、言われるままにハンドルを握り、車をスタートさせたのだった……。


「なるほど。駅の向こうの〈R〉というバーですね」

本多は、圭子の話を聞いて肯いた。「それは何か係りがあるかもしれませんね」

「私も、そんな気がします。でも、主人と一緒の女は、そのバーのホステスじゃないわけだし、その辺は……」

「ともかく、少しでも手がかりになりそうなことだ。辿ってみましょう」

「はい」

圭子の声は明るくなっていた。

二人は、スーパーの入ったショッピングモールの他のフロアにいた。

「いや、スーパーに戻って、奥さんの姿が見えないんで、焦りましたよ」

と、本多は言った。

「すみません。あの奥さんに見られると、何を言われるか……。私、あなたが戻って来るのが見えたんですけど、手を振るわけにもいかず……」

「分ります。——いや、それもめぐり会いというものですよ」

本多はコーヒーを飲んで、「じゃ、その〈R〉というバーへ行ってみましょう」

と立ち上った。

二人は喫茶店を出て、エレベーターに乗った。

——駐車場に車を置いてある。

透明エレベーターで、吹抜けになったモールの中を見渡せる。

「いやだわ」

圭子は、本多の腕をつかんだ。

「どうしました?」

「私……高所恐怖症で、こういうエレベーター、だめなんです。忘れてたわ」

「じゃ、目をつぶっているといい。じき、下に着きますよ」

「ええ……」

　圭子は、しっかりと本多の腕にしがみつき、目をつぶった。

　途中のフロアに何度か停り、一階に着く。

「もう大丈夫。一階ですよ」

と、本多が言うと、圭子は目を開けた。

「ああ……。いやだわ、いい年齢《とし》をして」

　駐車場は地階である。しかし、たいていの人は一階で降りて行く。

　圭子は何気なく顔を向けて、

「——まあ」

と、目を見開いた。

「どうしました?」

「さっき話してた、近所の奥さんが……。一緒に乗ってたんだわ」

「じゃ、気が付いた?」

「ええ、もちろん。こっちを見ながら降りて行きましたわ」

「やれやれ」

「でも……。そうですね。構やしないわ」

　エレベーターが地階へ下りて行く。

「というと?」

「どうせ、主人とは終りです。——本多さんが恋人だと思われても、別に気にしなきゃいいんですものね」

「そうですよ。——僕は全然構いません」

　二人は、駐車場の中を、腕を組んで歩いて行った……。

　その車から降りた二人連れは、レストランの中へ入って行った。

二人はレストランの奥の方のテーブルへと案内されて行った。

「いいぞ」

と、一人の男が言った。

「――何が?」

もう一人が、少しぼんやりした口調で言った。

「今の男女さ。窓際の席だと、この駐車場が見える。だけど、大丈夫だ。奥のテーブルに行った」

「そうか……」

「この車なら、俺はよく知ってる」

と、車のボディを叩いて、「よく修理したんだ」

「この車を?」

「同じ型の車ってことだ! 決ってるだろ」

「ああ、そうか。――それで?」


男二人。――年齢はもう若くない。

というか、三十代半ばだから、人によっては充分に若いが、この二人は、もう大分老け込んでいた。

二人は失業中で、しかも住んでいたアパートを追い出されて三日たっていた。

持っていたわずかな金を使い果たし、今夜の寝ぐらもない。

「この車をいただこう」

と、一人が言った。

「でも……泥棒みたいじゃないか、それじゃ!」

「『みたい』じゃない。泥棒だ」

「そんなこと……」

「じゃ、どうする? 今夜も外で寝るつもりか?」

「いやだ！　寒くて、体は痛くなるし……」

「だったら、この車をいただこう。――なに、こいつは結構高い車だ。金のある奴さ。これ一台くらい盗まれても、どうってことない」

「そうか」

「そうさ」

「じゃ、いいな」

「お前、レストランの方から見えないように、俺の前に立て。――そうだ」

哲《てつ》というのが、元修理工、もう一人は弟分で文弥《ふみや》といった。

哲は、ポケットから小型のナイフを取り出した。――電子ロックだが、そこは修理工で、開けるすべは分っている。

実際、ほんの一、二分でドアは開いた。

「おい、乗れ！」

幸い警報は鳴らない。

エンジンをかけるのは、もっと得意である。

「よし、行くぞ」

車は走り出した。

「やったな。兄貴！」

「ああ。この車を部品の故買屋へ持って行って、バラバラに売るんだ」

哲はニヤリと笑った。

もちろん、二人は車のトランクに何が入っているか、知らないのである。

22　付合い

「おっと！」

哲はブレーキを踏んで、「――やけに利きのいいブレーキだな」

信号は赤になっていた。

他に通る車はないのだが、盗んだ車である。

万一捕まるとやばいことになる。

「兄貴」

と、助手席の文弥が言った。

「何だ?」

「今、ブレーキかけて停ったとき、ガタンって音がしたぜ」

「音?」

「後ろのトランクさ。何か入ってるんだ、きっと」

「そうか。じゃ、ゴルフバッグでも入ってんだろ」

と、哲は言った。「そいつも売れるかもしれねえな」

「そうだね」

と、文弥も急にニヤついて、「何が入ってるか、見てみようか」

「そうだな……。ここじゃだめだ。――どこか、車を脇へ寄せられる所にしよう」

信号が変って、車は走り出した。

「――なるほど、何か転がってるな」

「だろ?」

「待てよ……。そこの脇道へ入ろう」

林の中の細い道がある。

そこへ車を入れると、エンジンを切った。

「よし。じゃ、後ろを見てみよう」

二人は車を降りた。

トランクを開けて、

「――何だ、これ?」

ちょっとの間、ポカンとしていたが、

「何か……大きさからすると、人間みたいだな」

と、文弥が言って笑った。

「ナイフ、あるか？」

「うん」

哲は文弥のナイフを手にすると、毛布を切り裂いて開いた。

そこには——男の顔があった。

哲と文弥は、しばし無言で立ちすくんでいた。

「兄貴……」

「こいつは本当に死体だぞ」

哲は毛布を元のように閉じると、「とんでもねえもんを拾っちまったな」

と言ったが……。

二人とも、この事態を受けいれるのに、しばらく立ったまま、ぼんやりしているしかなかったのである。

広い道を大型のトレーラーが轟音をたてて通り抜けた。——その音で、二人はやっと我に返った。

「どうする、兄貴？」

と、文弥が言った。

「さあな……。今、考えてる」

「やっぱ、警察へ届けるかい？」

「馬鹿」

哲は呆れて、「盗んだ車だぞ。それに、俺たちが殺したと思われたらどうするんだ！」

「あ、そうか」

「待てよ」

哲はタバコを取り出して火を点けた。

「兄貴、禁煙したんじゃなかったっけ？」

「この前な。今解禁したんだ」

哲は煙を吐き出して、「そうだな。——この死体をどこかへ捨てて、車を売り払うって手がある」

「うん、そうだな」

「しかし、大した金にゃならねえ。この死体をどこへ捨てるかってのも問題だしな」

「うん、そうだな」

「金にしようと思ったら、手は一つだ。こいつを利用して大金をせしめる」

「うん……。でも、どうやって？」

哲は顔をしかめて、

「ちっとは自分で考えろ」

と、文弥をにらんだのだった……。

「そろそろ行きましょうか」

と、レストランでコーヒーを飲み終えると、しのぶは言った。

「ああ……。お腹が苦しくて動けない」

と、桑原が息をつく。

「しっかりしてよ」

と、しのぶは笑った。「支払い、私がしておくわ。あなた、車を出口の所へ寄せといてくれる？」

「ああ、分った」

と、桑原は大欠伸して、「居眠り運転しちまいそうだな」

「いやよ、事故なんて」

しのぶはレジで支払いを済ませると、レストランを出た。

「——どうしたの？」

桑原が呆然とした様子で突っ立っている。

「車が……」

「え？」

「車がない」

「ない、って……。どうして？」

「知らないよ。ともかく、停めた所にないんだ」

「じゃ、誰かが動かした……わけないか」

「駐車場にないんだ」

広いわけではない。一目で、あの車が消えていることは分った。

「どうしよう？」

「盗まれたのね、きっと」

「あの車……。まだローンが残ってるのに」

「ちょっと！　そんなことじゃないでしょ。トランクの中の……」

「あ、そうだな」

「盗まれても、警察へ届けられないわ」

「それを分ってて盗んだのかな」

「まさか。――死体持ってって、どうするっていうの？」

「そうか……」

しのぶはため息をついて、

「何もかもうまく行くと思ったのに……」

「食事が長過ぎたんだ」

「仕方ないでしょ。今さらそんなこと言っても」

しのぶは、思いもかけなかった出来事に、どう考えていいのか分らなかった。

「差し当り、どうする？」

「どうって……。車なしじゃ……。どこか歩けばバス停に出られるかしら」

二人が迷っていると――。

「あなた」

「え？」

「あの車だわ」

桑原は、自分の車が走って来て、レストランの方へと入って来るのを見た。

「本当だ！」

車は二人の前に停った。

降りて来た男は、二人を眺めた。

「これは、あんたたちの車だね」

と、男は言った。

「君、この車をどうするつもりだったんだ？」

と、桑原が言った。

「バラバラにして売ろうと思ってね。何しろ金がなくて、泊るどころか、食いものも買えない」

「そんなこと……。捕まりゃ刑務所だぞ」

「捕まらねえよ」

「何だって？」

「待って」

と、しのぶが言った。「あなた――トランクの荷物を見たのね」

「察しがいいね」

と、男は言った。「びっくりしたぜ」

「あなたにとっても厄介でしょ、あんな物。車ごと返して。そうすれば警察には黙っててあげるわ」

男は笑って、

「どのみち、警察にゃ行けねえだろ」

と言った。「あの死体の説明をしなきゃいけねえものな」

「だから？」

「――金さ。まとまった金を出してもらおうか。そしたら、車も荷物も返してやる」

「何だと？」

と、桑原がムッとしたように男へ詰め寄る。

「人のことをなめるな！」

「待って」

と、しのぶは止めて、「あの荷物を……」

「隠してある。俺にゃ仲間がいるんだ。そいつが荷物を見張ってる」

「──いくら欲しいの？」

と、しのぶは言った。

「話が早いね！　そうだな、まあ、ぜいたくは言わねえ。一千万ってとこでどうだい？」

と、男は言った。

「おい……」

桑原は青くなった。

「いやならいいんだぜ。死体を隠した場所を一一〇番して知らせるだけだ」

「──そう」

しのぶは顔色一つ変えず、「一千万円でいいのね？」

と言った。

男はちょっと意表を突かれたように、

「ああ……。そう言ったじゃねえか」

「分ったわ」

「じゃ、払うんだな？」

「お金を用意するのに、二、三日かかるわ。そんな現金、手もとには置いてないし。今はまとまった金額を下ろすって面倒なのよ」

「そんなこと……俺は知らねえよ」

「ともかく、その間は死体をあなたの方で、ちゃんと保管しておいてね。冷凍でもしておかないと、どうなるか知らないわよ」

男は、しのぶの言葉にうろたえた。

「そんな……。そんなこと言われたって……」

「そんなことも考えないで、人からお金をゆすり取るつもり？　頭の悪いチンピラね」

「何だと……」

男は顔を真赤にして、しのぶをにらみつけたが、しのぶの方は平然として男を見返している。

「あんたはせいぜい車を盗むぐらいの度胸しかないんでしょ。私はね、人を殺したのよ。あんたにできる？」

男はすっかり呑まれた様子で、言い返すこともできなかった……。


「――ここですね」

と、本多は〈R〉というバーの前に立って言った。

「人気《ひとけ》がありませんね」

「まだ誰も来てないんでしょう。住《す》まいは別なんだろうな」

――本多と圭子は、駅から歩いてここを探して来たのだった。

「少し待ってみますか」

と、本多は言った。「ここじゃ目立つ。どこか、少し離れた場所で」

「ええ。その内、そのママっていうのがやって来ますね」

「といって、どこにいればいいかな」

と、本多は周囲を見回した。

さびれた感じのバーや居酒屋が、何軒か並んでいる。どこもまだ開いていない。

「駅の向こう側がにぎやかになって、こっち側はさびれてしまったんですね」

と、圭子は言った。

すると、

「あんたたち、何してんだね」

と、声をかけて来た男がいる。

背広にネクタイという格好だが、雰囲気がサラリーマンではない。

「いや、別に」

と、本多は言った。「この〈R〉って店を眺めてただけさ」

「あんたも金かい？」

「金？」

「借金を返してもらわんとね。——この店のママにゃ、何度も逃げられてるんだ」

くたびれた中年男だが、暴力団という感じではない。

「取り立て屋さんかい？」

「俺が？　とんでもねえ。俺は自分の金を貸しちまったのさ」

と、男は苦笑して、「巧いこと言われて、コロッと騙されてな」

「そのママって女の住い、知ってるか？」

と、本多は訊いた。

23　名演技

男は内村《うちむら》と名のった。

「しごく真当なサラリーマンだ」

と、自分で言っている。

「あの女は、年中引越してるんだ。今どこに住んでるか、さっぱり分らねえ」

〈R〉のママのことだ。松木奈美《まつきなみ》というのだと、本多たちは初めて知った。

「でも、お店に来れば会えるわけでしょ」

と、圭子が言った。

「それが、何ていうか……。調子のいい奴でな」

と、内村という男は顔をしかめて、「訪ねて行くと、『お客の前じゃ、その話はやめて』とか拝んで見せたりしてな。『お店が終ったら、ちゃんと話をするから』とか言われると、つい……。以前はいい仲だったたし、『分った』って言っちまうんだ」

「それで？」

「ただ待ってるのも何だから、一杯飲んでるだろ。それが、二杯、三杯になり、その内酔っ払ってわけが分んなくなっちまうのさ。それが奈美の奴の手なんだ。分ってるんだが、引っかかっちまう」

どうやら、かなりおめでたくできている男のようだ。

「あんたたちはあいつに何の用だい？」

と、内村に訊かれて、本多と圭子はちょっと目を見交わした。

「大した用じゃない。ちょっと訊きたいことがあってね」

と、本多は言った。「あんたは知ってるかな。その奈美って女の知り合いに、看護師をやってる女はいるかい？」

「看護師？　――ああ、それなら香子《かおるこ》だろ」

と、内村は言った。「大分年の離れた妹だよ」

「妹……。そうか」

「小さいころ、どこかへ養子に行って、姓が違ってたと思うな。だけど、よく奈美の所へ頼って来てたよ」

どうやら、それが安田浩次の恋人らしい。

「香子に用かい？」

「まあね。――今、どこにいるか知りたくて、ここへ来たんだ」

「じゃ、ともかく一緒に待ってようぜ。いずれ奈美がやって来る」

と、内村は言った。「向こうに小さな喫茶店がある」

本多と圭子も、今は他に手掛りがない。

仕方なく、内村について行くことにした。

「――あそこだ」

こんな所に客が来るのかと思うような、さびれた雰囲気の一画だった。

確かに喫茶店がある。しかし、本多と圭子が思わず足を止めたのは、その喫茶店のすぐそばの空地に、赤い小型車が停っていたからだった……。


しのぶだって、車を盗んだ男を相手に、怖くなかったわけではない。

しかし、しのぶは女優である。本心を隠して芝居ができなければ仕事にならない。

哲という男を、その気迫で圧倒してしまった。

実は、何年か前に出演したヤクザ映画で、組長の妻をやったことがあり、そのときの演技を思い出して再現してみたのである。

効果はてきめんで、哲は、すっかりしのぶの言うなりになって、

「じゃ……荷物の所へ案内するよ」

と言った。「でも……一千万とは言わねえからさ……」

「分ってるわ」

と、しのぶは肯いて、「当面、しのげるだけのお金はあげるわよ。その代り、すべて忘れるのよ」

「ああ、分った……」

「あなた、運転して」

と、しのぶは桑原に言った。「あなたの車なんだから」

「ああ……」

「あんたは助手席で道を説明して」

と、しのぶは言って、一人で後部座席に落ちついた。

冷汗をかいていた。

弱味を見せたら、何度でもゆすって来るかもしれない。その思いが、しのぶに「名演技」をさせたのである。

桑原がハンドルを握って、車を出す。

——もう一人、仲間がいるという。

その男もうまく丸め込んでしまえれば……。

しかし、しのぶの不安は消えない。

しのぶをTVや映画で見たら、きっと気付くだろう。

また、「こづかいをせびろう」という気になったら……。

いつまでもびくびくして過したくない。そう。——この哲と仲間の男を、何とかしなければ……。

何とかする？

それは……。二人の男を殺してしまうということか？

そう考えて、しのぶはゾッとした。

確かに、常田を殺したのは事実だ。しかし、しのぶはあくまで常田と心中するつもりだった。

それなのに、今は当り前のように、二人の男を殺すことを考えているのだ。——私はどうなってしまったんだろう？

「殺人はくせになる」

「一人殺せば、二人も三人も同じ……」

そんなセリフを、何度もドラマの中で聞いたり言ったりして来た。でも、そんなのはあくまで「お話」の中のこと。

現実には、そう簡単に人なんか殺せない、と思っていた。それなのに……。

こういうことなのか。一つの殺人を隠すために、また人を殺さなくてはならない。それを隠すために、また……。

それが殺人というものなのか。

——車は、広い道路から外れて、脇道へ入り、さらに林の中の細い道へと入って行った。

「その先に、使ってない別荘があったんだ」

と、哲は言った。「そこで文弥が待ってる」

やがて、林の中に古びた建物が見えて来た。

「——ここはどの辺？」

と、しのぶは言った。

「この先はすぐ湖だよ」

と、桑原がカーナビを見ながら言った。

「湖……」

しのぶの頭に、ある考えが浮かんだ。

車は、その別荘の前に停った。

中から男が出て来て、

「兄貴、早かったな！」

と、車の方へやって来たが、しのぶたちが降りて来るのを見て、足を止めた。

「おい、荷物は無事か」

と、哲が言った。

「ああ、もちろん。でも……」

「この人たちに返してやれ」

「兄貴……。だけど——」

「いいんだ。そういうことになったんだ」

哲の言葉に、文弥という弟分は釈然としない

様子だったが、

「分ったよ」

と、建物の方へ戻りかけた。

「待って」

と、しのぶが声をかけた。「相談だけど」

「何だい？」

「あんたたち、その荷物を片付けるのを手伝ってくれない？」

しのぶの言葉に、哲と文弥は顔を見合わせた。

「私も、それをどこかへ始末しなきゃならないの。どうせ、中身を知ったのなら同じことだわ。男手があった方が楽だし、手伝って。ちゃんとお金は払うから」

しのぶは、この二人に死体の始末を手伝わせることで、「共犯者」に仕立て上げようと思ったのである。自分も殺人の共犯にされるとなれば、二人とも口をつぐんでいるだろう。

「兄貴……」

「そりゃあ……いくら払ってくれるかによるよ」

と、哲が言った。

「一人百万でどう？」

しのぶの言葉に、哲はちょっと渋い顔をしたが、しのぶは追いかけるように、

「車を盗んだことは忘れてあげる。それなら損はないでしょ？」

文無しの男たちだ。きっと話に乗ってくると、しのぶは思っていた。

「――分った。それでいいよ」

と、哲は肯いた。

「決ったわね。じゃ、荷物をトランクへ戻して。湖の周りを走って、どこか捨てられる所がない

か、探しましょう」

と、しのぶは言った……。

「この辺は深そうだな」

と、桑原が言って、車を道の脇へ寄せ、停めた。

木立ちの間を少し行くと、湖面へ数十メートルの崖になっている。下は岩が多くて、人が寄るような場所ではないようだ。

「――いいわね」

しのぶは崖の下を覗き込み、「ここから投げ込みましょう」

「だけど、浮いて来るんじゃねえか？」

と、哲が言った。

「毛布の中に、石を詰めるのよ。できるだけ重くして沈めるの。石を集めて」

もう、しのぶにとって、常田の死体は「物」に過ぎなかった。後悔も恐怖も感じない。

一旦、くるんでいた毛布を開いて、石を詰め、もう一度紐をかけた。――かなりの手間だが、四人がかりだと意外に簡単だ。

「これでいいわね」

と、しのぶは息を弾《はず》ませた。

哲がその包みを見下ろして、

「こいつ、誰なんだい？」

と言った。

しのぶは、ちょっと間を置いて、

「昔の知り合いよ」

と言った。「別に、憎くて殺したわけじゃない。たまたまこんなことになったの」

「ふーん」

「そんなことはどうでもいいわ。さ、運びましょ」

しのぶが先に立って、男三人が包みを運んで来る。

「この辺が良さそうね」

と、しのぶは覗き込んで、「じゃあ、途中で引っかかったりしないように、できるだけ遠くに投げて」

「よし。じゃあ……一、二の三、だ」

と、哲が言った。

しのぶは少し傍へよけた。男三人で、

「行くぞ！――一、二の……三！」

と、哲のかけ声で、包みは宙へ舞った。

しのぶは身をのり出して、落ちて行く包みを目で追った。――青い水面に、白いしぶきが小さく上って、包みは消えた。

それを見ていたしのぶは、一瞬バランスを崩しかけて、ハッとした。反射的に手を伸して、哲の肩をつかんでいた。

タイミングが悪かった。哲も、包みを力一杯投げて、体勢が戻っていなかったのだ。

「あ……」

と、声を上げると、ズルッと足もとの地面が滑って、哲の体は崖から湖面へ向かって落ちて行った。

しのぶも愕然として、立ちすくんだ。

「――兄貴！」

と、文弥が叫んだ。

「どうしましょう！」

「突き落としたな！」

と、文弥がしのぶを見て言った。「兄貴を殺したな！」

「違うわ！」

「俺たちを殺すつもりだったんだな！　畜生！」

「違う！　そうじゃないわ」

「殺されてたまるか！」

文弥は林の中を駆け出して行った。

「あなた！　追いかけて！」

と、しのぶは言った。

しかし、もう文弥の姿は見えなくなっていた。

「――むだだよ」

と、桑原が言った。「見付けられないさ」

「こんなこと……」

しのぶは息をついた。「まさか、こんなことに……」

「――仕方ないさ。戻ろう」

「ええ……。そうね」

しのぶは、まだ悪い夢を見ているような気がしていた。

二人は黙って車へと戻って行った。

24　訪問客

「あら、もうお昼休みよ」

と、永井絢子がびっくりして、「チャイム、鳴った？　気が付かなかったわ」

「本当だ」

柴田秀直はパソコンの前から離れて、「ああ……。目が疲れるな、ずっとこの画面を見てると」

「ひと休みしましょう。お昼、どこで食べる？」

「どこでもいい。――ちょっとぜいたくして鰻《うなぎ》でも食べるか」

「そうね。ビタミンAは目の疲れにもいいし」

──柴田と絢子は、倒れた黒木常務の代りに、資料と取り組んでいた。

空いた会議室にパソコンを持ち込んで、二人で話し合いながら、一つ一つの地域の売り上げの予測を立てて行く。

社長の馬渕に言われてやっているとはいえ、柴田のように係長止りだった人間としては、初めての責任ある仕事だ。

「──柴田さん、何だか活き活きしてるわよ」

エレベーターの中で、絢子が言った。

「そうかい？　実は僕自身もそんな気がしてる」

と、柴田は微笑んで、「人間、責任のある仕事をしないと、成長しないもんだね」

「良かったわ、あなたが戻って」

「ああ……。あのまま失業者になってたら、きっとこの会社をずっと恨んでただろうな」

二人は外へ出ると、表通りから少し入って、古くからあるうな丼の店の戸を開けた。

「──ああ、気持いい」

絢子は熱いおしぼりを閉じた瞼《まぶた》に当てて、ホッと息をついた。

「黒木常務の具合はどうなのかな」

と、柴田はお茶を飲みながら、「何か聞いてる？」

「私は何も。──こっちから奥さんに訊くわけにもいかないし」

「それもそうだな」

と、柴田は肯いて、「そういえば、あの高校生たち、どうした？」

絢子がマンションに泊めた、常田治と三神彩である。

「まだいるわよ。ともかく、彩ちゃんの親がどう思ってるか、確かめないと帰らないって言って」

「今の若い子はしっかりしてるな。まあ、駆け落ちを勧めるわけじゃないけど」

と、柴田は言った。「うちも中学二年生だけど、すぐあの子たちの年齢になる」

「早いでしょうね、子供が大きくなるのは。黒木さんのところも、高校二年の娘さんだわ」

二人が熱いうな丼を食べていると、

「あ……。柴田さん」

と、女の子の声がして、

「——君か」

柴田は、店の奥の個室から出て来た、ブレザー姿の少女を見て、「香月君……だったね」

「はい。これから柴田さんの会社へ伺うところだったんです」

「僕の会社？」

「はい。社長さんとお会いする約束で」

「うちの社長と？」

「ぜひお口添えをお願いします」

「僕が口添えしても、役に立たないよ」

と、柴田は苦笑した。

「ちょっとお邪魔してもいいですか？」

柴田は、香月杏を絢子に紹介した。

「ああ、娘さんのトラブルを解決してくれたっていう……」

「しかし、君、何の用で社長に？」

「私、スポンサー探しを仕事にしてるんです」

「スポンサー？」

「文化祭や、学校主催の演劇公演だとか音楽会だとか。——私立はお金なくて大変ですから」

「ああ、なるほど」

「普通は、在校生の父母を通して、コネを見付けるんですけど、今はなかなか大変で」

「しかし……うちの社長が力になれるかな」

「分らないわよ」

と、絢子が愉快そうに、「社長、あなたのような、はきはきして、キリッとした女の子、大好きだから」

「それもそうか。ワンマンだから、うまく乗せてしまえば、太っ腹なところを見せるかもしれないよ」

「じゃ、せいぜい頑張ります」

と、香月杏は言った。

「食べ終るの待っててくれたら、一緒に行くけど」

「お願いします」

——高校二年生というのに、大人びた雰囲気があって、それでいて十七歳らしい輝きがある。ふしぎな子だ、と柴田は思っていた……。

午後も、柴田と永井絢子はパソコンを前に調査結果の検討を続けた。

「——ああ、腰が痛い！」

柴田は立ち上ってパソコンの前から離れると、伸びをした。

「私も」

と、絢子は言って、首を左右へかしげた。「肩がこるの。もう若くないから」

「マッサージがいいっていうぜ」

「上手な人に当ればいいけどね。——コーヒーでも頼みましょうか」

「ああ。内線で受付に言えば」

「いいわ。ちょっと化粧室に行ってくるから、途中で頼む」

絢子は会議室を出て、受付の方へと歩いて行った。そして、

「――あら」

足を止めたのは、受付の前の長椅子に、あの香月杏が座っていたからだ。

「どうしたの？」

と、絢子は声をかけた。「まだ待ってるの？」

「社長さん、お忙しいとかで」

香月杏は、少しも怒っている風ではなく、穏やかに微笑んだ。

「だけど……」

絢子は腕時計を見て、「もう一時間半もたってるじゃない！」

絢子が社長秘書の男性に、香月杏のことを頼んだのだ。

「いくら何でも……。待ってて」

絢子は、足早に社長室へと向かった。

ちょうど社長室のドアが開いて、秘書が出て来た。

「ちょっと！」

「ああ、永井さん」

「受付で待ってる女の子、どうしたのよ！」

「え？　――ああ、高校生の？　まだいるの？」

「何言ってるの？　高校生だろうが何だろうが、ちゃんと事前に約束してるのよ。放っとくってことないでしょう！」

「大した用じゃないよ。社長に会おうなんて、大体図々しいんだ。庶務の課長あたりが相手すりゃいいんだよ」

絢子はムッとした。

自分が「社長」でもないのに、社長並みに偉いつもりでいる。「課長」を見下しているのだ。

「私も課長ですが」

と、絢子は言ってやった。

「永井さんは……別だよ」

と、秘書はニヤついて、「何なら、僕があの子の相手してやるかな。結構可愛い子だったもんな」

「いいこと。すぐ社長に取り次がないと後悔するわよ」

「怖いね」

「ここだけの話よ」

と、絢子は声をひそめて、「あの子ね、うちのメインバンクの頭取の孫娘なのよ」

「え？」

秘書はリッと青ざめた。「それって――本当？」

「絶対言わないで、って頼まれてたけど、これであなたが地方へ飛ばされちゃ可哀そうだから、教えてあげたのよ」

「分った！　今すぐ――」

秘書はあわてて受付へと駆けて行く。見送って絢子はふき出すのを必死でこらえた。

「やるね！」

話を聞いて、柴田も大笑いした。

「頭に来ちゃったから、つい」

絢子はコーヒーを飲みながら、「でも、一流大学出て、エリートでございって顔してるのが、一番だめね。偏見の塊だわ」

「僕みたいな、二流半の大学出た、係長止りは、挫折した人間の痛みがよく分るよ」

柴田もコーヒーを飲み干すと、「さて、続きをやるか」

会議室の内線電話が鳴った。

絢子が出て、

「——かしこまりました」

と、ふしぎそうに、「柴田さん、社長がお呼びですって」

「え？」

——やっぱりクビかな？

恐る恐る社長室へ入って行くと、

「君が——柴野か」

と、馬渕社長が言った。

「柴田です」

「ああ、そうか」

馬渕はちょっと笑って、「若い女の子にもてるんだな」

「——何のことでしょう」

「今しがたここへ来た女子高校生だ」

「ああ、香月君ですね」

「いや、ああいう利発な美少女というのは、探してもなかなかいない」

と、馬渕は言った。「君のことをほめとったぞ」

「あの子がですか？」

「いい父親で、誠実な人です、とな」

「はあ……」

「俺も言われてみたいもんだ」

馬渕はちょっと間を置いて、「おい、柴野君」

「柴田です」

「どっちでもいい。一つ頼みがある」

「私にですか？」

「——まあ」

絢子が呆れて、「社長があの子と食事?」

「二人きりじゃ、用心して来ないだろうから、僕も一緒にと言うんだ」

「その様子じゃ、あの子、しっかりスポンサーを獲得したようね」

「大した子だ」

「いいじゃないの。高級フレンチでも、ごちそうしてもらいなさい。どうせ接待費よ」

「そうだな」

と、柴田も笑った。

柴田が椅子にかけた上着のポケットで、ケータイが鳴り出した。

「——もしもし」

「柴田さん? 香月杏です」

「ああ。話はついたんだね」

「おかげさまで」

「ちょうど僕も連絡しようと思ってた」

柴田が、社長の誘いのことを話すと、

「そうですか」

「断ったっていいんだよ。君は別にうちの社員じゃないんだからね」

柴田がそう言うと、向こうは少し黙っていたが、

「——私、ご一緒しても構いません」

「いいのかい? 帰りはちゃんと僕が送るからね」

「じゃ、二人になれるのね」

「え?」

「少し遅くなってもいいわよね。社長さんとの食事ですもの」

「遅くって……」

「あなたと二人きりになりたかったの。楽しみだわ！」

香月杏が通話を切っても、柴田はしばし呆然と立ちすくんでいた……。

25　木枯し

「どうしたの？」

と、織原しのぶは言った。

「え？　──どう、って？」

「何だか、ぼんやりしてる」

「そうかい？　ちょっとくたびれたんだろ」

と、桑原は言った。

「ねえ……。もう何も心配することないのよ」

と、しのぶは桑原へと肌をすり寄せて行った。

「うん……」

「すべて片付いたんだわ。──幸せだわ、私……。あなたは？」

「ああ、もちろん幸せだよ」

と、しのぶを抱き寄せ、「どうする？　ここに泊るかい？」

「そうね……」

──しのぶと桑原は、インターチェンジの付近のホテルの一つに車で入っていた。

何といっても、死体を捨てるという大仕事をした後で、二人とも休みたかったのだ。

そして、ベッドで愛し合った……。

「ああ……。でも眠くないわ、まだ」

と、しのぶは伸びをして、「泊るなら、こんなホテルじゃ落ちつかないでしょ。食事もできないし」

「そうだな」

「都心へ戻って、どこかいいホテルへ泊りましょうよ。構わないんでしょ？」

「いいよ」

「じゃ、決った。――ああ、夢のようだわ！　しばらく仕事を休んで、のんびりしたい」

「うん……」

しのぶは自分から桑原にキスすると、

「私、シャワー浴びてくる。あなたは？」

「うん、後でいいよ」

「じゃ、お先に」

しのぶはベッドから抜け出すと、裸でバスルームへと入って行った。シャワーの音が聞こえて来る。

桑原は起き上った。

しのぶが安心して抱き合っているのとは逆に、桑原は、体が冷え切ってくるようだった。

しのぶが、ああいう女だったとは……。

たとえ成り行きとはいえ、人を殺し、しかもその死体を湖へ投げ捨てた。

そして、しのぶはもうそのことを少しも気に病んでいないようだ。

「人殺しか……」

もしかしたら、俺も共犯にされてしまうかもしれない。もしあの死体が見付かったら……。

死体の身許が知れたら、きっとその関係者で、あの近くに住んでいるしのぶのことも目を付けられるだろう。

警察は馬鹿ではない。それに、車であの近くまで行った、タイヤの跡が残っている。

しかし――桑原にとって一番ショックだったのは、しのぶが今も平然として桑原に抱かれていたことだ。

怯えて、救いを求めて来たのなら分るが、もう何もかも終ったとサッパリした顔で、シャワーを浴びている。

「しのぶ……」

あの、ゆすりに来た男。崖から突き落としたのは、本当に「事故」だったのか？　しのぶは本当にあの二人も殺すつもりだったのではないか……。

そう思うと、桑原の中で、しのぶへの情熱が急速に冷めて行った。

ケータイの鳴る音に気付く。——俺のケータイだ。

「——もしもし」

「あなた？」

妻からだ。

「ああ。——どうした？」

少し間があったと思うと……。電話の向こうで、妻がワーッと泣き出したのである。

「おい！　どうしたんだ？」

「あなた……。ごめんなさい……。こんなこと、言えた義理じゃないんだけど……」

「何だ。どうした？」

「私……馬鹿だったわ」

グスン、とすすり上げ、「彼に、あなたと別れるって言ったの。そしたら、彼が急に逃げ腰になって……。『そんなつもりじゃなかった』って言い出すのよ」

「そうか……」

「自分にも女房、子供がいる。離婚はできない、って……。あんなに私に期待を持たせといて！」

「そうだったのか」

「あなた……。ごめんなさい。今分ったわ。あなたのような人、他にいないわ」

「いや……」

「もう、彼女に話したの？」

訊かれて、桑原はバスルームの方に目をやった。シャワーの音が聞こえている。

「いいや、まだだ」

と、桑原は言った。

「実は俺も思ってたんだ。

もう一度、お前とやり直したいって」

「まあ！　本当？」

と、妻の声が弾んだ。「嬉しいわ！」

「ちょっと用事で出かけてるんだ。夜には帰る」

「じゃ、待ってるわ」

「うん。――家族で食事に出よう」

「ええ、そうしましょう！　何時くらいになる？」

「そう遅くならないようにする。六時……半くらいには帰るよ。近くまで行ったら電話する」

「ええ、そうしてちょうだい！」

少し間があって、

「――もう浮気はしないわ」

「俺もだ。もうこりたよ」

二人は一緒に笑った。

通話を切ると、桑原は急いで服を着た。

バスルームからしのぶが出て来る。

「あら、シャワー、使わないの？」

「うん。すまないが、急いで戻らないといけなくなった」

「どうして？」

「プロデューサーから電話があってね、今夜撮影する場面に、どうしても手直ししなきゃいけないところが出て来たって言うんだ」

と、顔をしかめて見せ、「すまないね。何しろ、しがないシナリオライターだ。呼ばれたら行かないわけにも……」

「ええ。――分るわ」

と、しのぶは言った。

「すぐ出られるかい?」

「いいわよ、あなた、車で帰って。私はタクシーを呼んで、あの別荘に戻るから」

「そう……。でも、いいのか?」

「ええ。まだ暑くて、服着る気になれないし」

「それじゃ……。すまないけど、行くよ」

と、バッグを手にする。

「ええ。――またね」

「連絡するよ」

と、桑原は言って、しのぶの頰にキスすると、急いで部屋から出て行った。

しのぶは、バスタオルを巻いただけの姿でベッドに腰をおろした。

――しばらくして、しのぶの頰を涙が伝って落ちた。

桑原の気持が自分から遠ざかって行くのを、しのぶは肌を寄せ合いながら感じていた。

そして、シャワーを出したまま、そっとバスルームのドアを細く開けると、桑原がケータイで話していたのだ……。

もし、しのぶの前で頭を下げて、

「やっぱり、女房とは別れられないんだ」

と言ってくれたら、しのぶはまだ許せただろう。

しかし、桑原は嘘をついたのだ。それも見え透いた嘘を。

今、彼が仕事を抱えていないことは聞いていた。それなのに、ああして平気で嘘をついたのである。

嘘かどうか、口調と表情で分る。しのぶだって、四十年以上生きて来て、男というものを知っているのだ。

「許さない……」

と、しのぶは呟いた。

そもそも、常田を殺したのだって、一人で自殺するのが寂しいと思ったからだ。桑原との別れ話がなかったら、常田を殺したりしていない。

それなのに……。桑原は、あっさりと妻の所へ戻って行った。

しのぶは立ち上ると服を着て、部屋の電話でタクシーを呼んでもらった。

「五分で来ます」

と言われて礼を言うと、身仕度して部屋を出た。

待つほどもなくタクシーが来て、しのぶは乗り込むと、

「渋谷の方へ向かって」

と言った。

桑原の自宅を、ちゃんと知っている。——しかし、しのぶはこのとき、桑原の家へ行ってどうするのか、考えていなかった。

ただ、見えない力に押されるように、都内へと向かっていたのである……。

空地に停めてある赤い小型車へ、圭子はそっと近付いて行った。

「——どうだい？」

と、本多が訊く。

「間違いなく、うちの車です」

と、圭子が肯く。「この近くに……」

「きっとそうなんだな」

「どうかしたんかい？」

と、内村がやって来た。

「この車に、その香子って人が乗ってるんです」

と、圭子は言った。

「へえ。じゃ、近くにいるんだな。——しかし、この辺は……」

「その喫茶店は？」

と、本多が言った。「すみませんが、中を覗いてもらえませんか」

「ああ、いいよ」

内村は、喫茶店の扉を開けて中を覗くと、振り向いて、

「誰もいないぜ」

と言った。

本多と圭子は店の中へ入った。

「いらっしゃいませ」

カウンターの奥で、くたびれた感じのオーナーらしい男が言った。「どこでも、ご自由に」

ご自由にと言われても、テーブルは二つしかない。

ともかく三人は腰をおろした。本多と圭子は、あの赤い小型車が見える席に座った。

コーヒーを頼んで、内村はタバコに火を点けた。

「いいかい、タバコ？」

「ええ」

「最近はどこも禁煙で、参るよ」

と、内村は言って煙を吐き出した。

さて……。果して、香子という女は現われるのか。

握りしめた手に、圭子はじっとりと汗をかいていた。


「ちょっと、停めて」

と、しのぶはタクシーの運転手に言った。

都心へ向かう途中のガソリンスタンド。

そこに、桑原の車があった。

ガソリンを入れに寄ったのだろう。桑原の姿は見えない。

「どうかしました?」

と、運転手が訊いた。

「いいえ。――悪いけどここで降りるわ」

しのぶは一万円札を出して、「ごめんなさい。おつりはいいから」

「すみませんね、こいつは」

運転手はニコニコしている。まだメーターは三千円くらいなのだから当然だろう。

しのぶはタクシーを降りると、桑原の車へと歩いて行った。

「あの……」

と、従業員が、車に乗るしのぶを見て、口を開く。

「いいの。知り合いだから」

「はあ」

しのぶは助手席に座った。

見ていると、トイレに行っていたらしい桑原が、ハンカチで手を拭きながら戻って来る。

「――じゃ、これで」

しのぶのことにはまるで気付かず、カードで支払いをすると、ドアを開けた。

「君——」

凍りつく桑原を見て、しのぶはニッコリ笑うと、

「私も都内へ戻ることにしたの」

と言った……。

26　憎しみ

「タクシーで通りかかったらね、あなたの車が見えたの」

と、助手席のしのぶが言った。「偶然ねえ！　やっぱり私たちって、別れられないように運命づけられてるんだわ。そう思わない？」

ハンドルを握った桑原は、何とか笑顔を作ると、

「思うよ。偶然ってのは面白いね……」

と言った。

しのぶは、心の中でそっと笑っていた。——桑原の焦りようが、手に取るように伝わって来る。

少しは困ればいいんだわ。私を騙して、いざとなるとさっさと逃げ出そうとする。

こんな男だったなんて！

「それで……」

と、桑原はさりげない口調で言った。「どこで降りる？　送って行くよ」

「あら、いいわよ。あなたの仕事、急いでるんでしょ？　あなたの仕事場でもTV局でもいいから、先にあなたの行く所へ寄って。私そこからタクシーを拾って帰るから」

「そうかい……」

しのぶは澄まして、

「でも、忙しくても食事くらいするんでしょ？　私、待ってるわ。どこかで食べましょう」

「いや……。こんな仕事は何時までかかるか分らないよ。君だって知ってるだろ」

「ええ。でも、私は別に今夜仕事あるわけじゃないし。構わないから」

「うん……」

車は都内へ入って、道も少し混み始めていた。

桑原の額や首筋に汗がにじんでいる。しのぶは全く気付かないふりをしていた。

ケータイが鳴った。桑原のポケットだ。桑原がハッとするのが分った。

「出ないの？」

と、しのぶは言った。

「運転中だからな。いいよ、放っとけば」

と、桑原は言った。「後でかけるよ、こっちから」

しかし、ケータイは鳴り続けていた。

「――出てあげるわ、代りに」

と、しのぶは桑原の上着のポケットへ手を伸した。

桑原はあわてて、

「いいんだ。君が出たら向こうもびっくりするよ」

「あら、どうして？　私は女優よ。あなたの車に乗ってたって、別にふしぎじゃないでしょ」

「いや、自分で出る！　出るから大丈夫だ」

桑原は車を道の端へ寄せて停めると、ケータイを取り出した。

「――もしもし」

こめかみを汗が伝い落ちて行く。しのぶは何食わぬ顔で、前方を見つめていた。

「あ……。今、ちょっと道が混んでて。――そう。あと……そうだな、二〇分くらいで行けると思う」

その口調は、おそらく妻からだろう。

「――それじゃ、後で」

と、桑原は切ろうとした。

そのとき、しのぶは大きな声で、

「少し待ってもらいなさいよ」

と言った。

桑原があわてて切ったが、遅かった。――しのぶの声は相手に聞こえていただろう。

「おい！」

と、思わず桑原が声を荒げる。

「どうしたの？」

しのぶは何食わぬ顔で、「プロデューサー、何だって？」

「うん……。いや、まだ着かないのか、って訊くから……」

桑原はケータイをポケットへ戻した。

「じゃ、早く行きましょうよ」

と、しのぶは言った。「こんなことしてたら、どんどん遅くなるわよ」

「ああ……」

しかし、桑原はハンドルに手をかけたまま動かなかった。

「――どうしたの？」

と、しのぶは桑原の方を向いて、「早く帰らないと。奥さん、待ってるんでしょ」

「しのぶ……」

「ちゃんと知ってるわよ」

「俺は……」

と言いかけたとき、またポケットでケータイが鳴り出した。

「ほら、きっと奥さんからよ。出てあげなさいよ」

しかし、桑原はじっと前方を見つめているばかり。

「——出ないの？　じゃ、私が出てあげる」

しのぶは手を伸して、桑原の上着のポケットへ突っ込むと、ケータイを取り出した。

「おい！　やめろ！」

「隠したって、もう遅いわよ。——もしもし？　奥さんですか」

「やめろ！」

桑原はしのぶの手首をつかんで、ケータイを取り上げようとした。

「何すんのよ！　痛いじゃないの！」

「それを離せ！」

「誰が！　あんたみたいなずるい男、奥さんにだって見捨てられりゃいいのよ！」

「黙れ！　畜生！」

「黙らないわよ！　もしもし、奥さん——」

「やめろ！」

二人はもみ合った。

大きな長距離トラックが、地響きをたてて何台も通り過ぎて行った。

——どれだけたったのか。一分か、二分か。いや、三〇秒くらいのものだったのか。

派手なロックをガンガン鳴らしながら、スポーツカーが駆け抜けて行った……。

「——もしもし。——もしもし？」

声が聞こえる。遠くから。

「もしもし。あなた？」

床に落ちたケータイから、聞こえていたのだった。

桑原はそっと手を伸して、ケータイを拾い上げた。

「——もしもし」

「あなた！　どうしたの？　何か怒鳴ってる声がしてたけど」

「いや……。ちょっと……すぐ隣の車で、喧嘩してたんだ」

「そうだったの？　さっき女の人の声がしたけど」

「ああ、隣の車さ。すぐ並んで停ってたからな」

「そうなの。じゃ、戻って来れる？」

「うん、すぐだ。もうじきだ」

「良かったわ。待ってるから」

「うん……。すぐ行くからな」

桑原はケータイをポケットへ戻した。

助手席で、しのぶはぐったりとしていた。

首を絞めたのだ。——俺が殺してしまったのだ。

こんなことが……。こんなひどいことが……。

そうだ。女房と子供が待っている。こうしてはいられない。

桑原は、深くは考えなかった。

車を降りると、助手席の方へ回り、ドアを開けて、しのぶを車から引張り出し、道路の隅へ転がしておいた。

そして——そのまま車を運転して、自分の家へ向かったのである。

先のことなど考えなかった。自分のしたことも、これでどうなるのかも。

そうだ。——しのぶは人を殺したのだ。

そのしのぶを殺して、何が悪い？

俺には家族があるのだ。女房と子供を守らなくてはならないのだ。

桑原は微笑んだ。――これでいいんだ。

これで、平和な暮しが戻って来る……。

桑原は、少しでも早く帰ろうと、アクセルを踏む足に、少し力を入れた。


「いらっしゃい」

店のドアが開いて、常田加代子は反射的にそう言っていた。

バー〈K〉も開いてはいたが、客が来るにはまだ大分早い時間だ。

「あら……」

どう見てもバーの客とは思えない、ブレザー姿の女子高校生。

「あの……」

と、少女はおずおずと言った。

「はい。――もしかして、三神彩さん？」

と、加代子は訊いた。

「いいえ」

「ごめんなさい！　息子のお友だちかと思って……」

「私、黒木美央といいます」

「黒木さん？　それで、ご用は？」

「治さんが今どこにおられるか、伺いたくて」

「まあ。――やっぱりあの子の？」

「あの……友だちというほど親しいわけじゃ……」

「かけて。――まだお客は来ないから」

「はい。すみません」

「何か飲む？　ソフトドリンクもあるわよ。ジンジャーエールとか」

「それじゃ……。ちゃんとお代、払いますから」

「いいのよ」

と、加代子は笑って、「それで、治とはどこで?」

「父が倒れたとき、救急車で付き添っていただいて」

「まあ、あの子が?」

美央の話を聞いて、「——じゃ、あの子、あなたのお父さんと同じ会社にいる女性の所に……」

「そう聞きました」

「困った子ね。でも、私もこうしてお店をやってると、あの子のことに係り合っていられないの」

「分ります。治さん、凄くしっかりしてますよね」

「そう?」

「私……治さんに彼女がいなかったら、恋しちゃうんだけどな」

と、美央は言った。

「あら、青春ね」

と、加代子は微笑んだ。

「今、治さん、どこにいるんでしょう?」

「聞かなかったの?」

「何だか……恋人と一緒なのに。その——彩さんって人と」

「そうらしいの。じゃ、同じ年齢ね、あなたも」

「はい。——治さんと連絡つきますか?」

「いえ、それが——」

店の電話が鳴った。「ちょっとごめんなさい」

加代子が出ると、

「もしもし、母さん？」

「まあ、治！」

美央がびっくりして駆け寄って来る。

「今、お店にね、黒木さんって女の子が。――ええ、いるのよ。代る？」

加代子が受話器を渡すと、

「あの――黒木美央です」

「ああ、どうも」

と、治は言った。

「ごめんなさい。このお店のことを話してくれてたんで……」

「そうだっけ。でも、何の用事で？」

「それが……」

と、美央が言いかけた。

そのとき、〈K〉のドアが開いて、

「やあ」

と、入って来たのは、三神久士だった。

「あら……」

加代子はちょっと当惑した。

「もしもし、治さん？　聞こえる？」

と、美央が言うのを、三神は聞いて、

「おい、それは――」

「息子から。でも、ちょっと待って」

三神も、早まったことはしない。

「分った……。ともかく、娘がいたら、代ってくれ」

「そう言うわ。少し待って」

「うん」

「何か飲む？」

「ああ。――それじゃ、水割りをくれ」

と、三神は言った。

27　ときめき

「ごめんなさい、お母様のお店にまでやって来て」

と、黒木美央は言った。「でも、他にあなたへどうやって連絡すればいいか、分らなくて」

「いや、構わないけど……」

電話の向こうで、治は困っている様子だった。

「どうしても、母が治さんに会って、ひと言お礼を言いたいって言うものだから」

「そんなこと、いいのに」

「却ってご迷惑よ、って私も言ったんだけど、でも、母は言い出すと聞かない人だから」

「それって……君のお父さんが倒れたときのこととか、詳しく訊きたいんじゃないのかな」

「それもあるかもしれないけど……。でも、母も永井さんとのことは知ってたし。今から何か訊き出そうとは思ってないんじゃないかしら」

「そうか。——じゃ、お会いしてもいいけど……」

「ありがとう！」

美央はホッとしたように、「そっちへ伺うのはだめでしょ？　父の病院に来てくれる？」

「ああ、いいよ。永井さんも、様子が心配なんだと思う。でも、却って残業して帰って来るよ」

「大変ね、大人って」

美央の言葉に、治はちょっと笑った。

「じゃ、明日。お母様と代るわね」

美央が受話器を加代子へ渡す。

「もしもし、治。そこに今、彩さんは一緒なの？」

と、加代子が訊いた。

「今、いないけど……」

「そう。あのね、彩さんのお父さんが今お店にみえてるの」

「三神さんが？」

「ええ。――話したいって」

「分ったよ」

加代子は三神の方へ受話器を差し出した。

「――もしもし、三神だよ」

「どうも……」

「女房はまだカッカしているから、冷静には話せないだろうと思う。――私はもう怒ってはいない」

「そうですか」

「しかし、君も彩もまだ高校生だ。学校を休んで、困ることもあるだろ？　私が女房のことは説き伏せる。君と彩が付合っても反対はしないよ」

「三神さん――」

「信じてくれ。確かに、昔、私は君のお父さんにひどいことをしたよ。申し訳ないと思ってる。だが、君と彩が、そんな親同士の昔のことに振り回されちゃ可哀そうだ。――君たちは君たちで、過去のことは忘れて付合ってくれ」

「はい」

「だが、今はまだ女房がやかましい。もう大丈夫となったら、彩のケータイに連絡するから。そう伝えてくれないか」

「分りました」

「よろしく頼むよ。お母さんに代るかね？」

加代子が受話器を受け取ると、

「お父さんのことが心配なの」

と、常田のことを説明して、「まだ見付かってないようでね」

「施設からも何も言って来ないの？」

「そうなのよ。また電話しておくれ」

「うん、分った」

新しい客も来て、加代子は電話を切った。

「――三神さん、ありがとう」

「いや、もう二人とも子供じゃないしな」

三神は肯いて、「常田のこと、心配だな」

「ええ。でも、あの人のことだから、大丈夫だと思うけど。体だけは丈夫だもの」

と、加代子は言った……。


雨が降り出していた。

「おい！」

トラックを運転していた男は、ブレーキを踏んだ。

「何だよ、びっくりするじゃないか！」

と、週刊誌を見ていた相棒が文句を言う。

「今、誰か倒れてた」

「どこに？」

「道の端に。――少し戻るぞ」

大型トラックがバックして、停ると、

「本当だ。女だな」

「はねられたのかな？」

「妙に疑われると厄介だぜ」

「放っちゃおけないよ」

「だけど雨が降ってるぜ」

「そんなこと、言っちゃおられないだろ」

真面目なドライバーがエンジンを切って、トラックを降りる。もう一人は、

「頭が固いんだからな、全く！」

と、舌打ちしてから、仕方なく自分もトラックを降りた。

雨はまだそれほどひどくないが、それでも濡れることには変りない。

「おい、どうだ?」

「傷はないみたいだけどな」

と、道に横たわった女を抱き起こす。

もうすっかり濡れて、冷え切っている。

「死んでるのか?」

「さあな……」

そのとき、急に雨足が強くなった。

「おい、やばいぜ!　早く行こう」

「だけど──」

と言いかけて、「ワッ!」

と、声を上げる。

突然、女が目を開けたのである。


「──気が付いたのか!　良かった。生きてたんだな」

女はゆっくりと周りを見回すと、

「ここは?」

と言った。

「あんた、倒れてたんだよ、ここに。すっかり濡れちまって……。車にはねられたのかい?」

女は少しの間、眉を寄せて考えている風だったが、

「いえ……。私、車に乗ってたの……」

「起きられるか?　病院に連れてってあげよう」

「ありがとう……」

「ともかく、トラックに乗りな。あんまり乗り心地は良くないけどね」

二人で両側から支えるようにして、トラック

に乗せる。

運転席の後ろに仮眠用の小さなスペースがあった。

「ここで横になるといいよ。毛布もある。なに、濡れたって構やしねえ」

「すみません……」

「どうする？　病院が見えたら寄ってあげようか」

「はい……」

「じゃ、出かけるよ」

トラックが走り出す。

相棒の方が、

「――どこかで見たことあるぜ、あんたのこと」

と言い出した。「TVに出てたりしてないか？」

「おい、いい加減なことを――」

「私……」

と、女が言った。「女優です。織原しのぶっていいます」

「ええ？」

ハンドルを握ったドライバーが仰天して、

「織原しのぶだって？　本当かい？」

「ええ」

「びっくりだな！　うちのお袋が、あんたの大ファンだよ！」

「どうも……」

「しかし……。どうしてあんたがあんな所で？」

しばらく黙っていたしのぶは、

「すみませんけど……どこか、タクシーの拾える所で降ろして下さい」

と言った。

「でも、大丈夫なのかい?」

「ええ……。何ともありません」

と、しのぶは言って、「ただ……すみませんけど、タクシー代を貸していただけませんか」

「ああ、いいよ。いくらぐらいいる?」

「たぶん……三千円くらいあれば」

「それぐらいなら。――おい、俺のバッグから財布出してくれ。中に五千円札、あるだろ。それを渡してあげてくれ」

「すみません。必ずお返しします」

「まあ、気にしなくていいよ」

「いえ、そういうわけには……」

「ああ、そこが駅前だ。タクシーがいるだろう」

「じゃあ、ここで」

トラックが駅の近くで停ると、しのぶはトラックを降りた。その前に、ドライバーの名前と住所をメモしてもらうのも忘れなかった。

「ありがとうございました」

と、深々と頭を下げるしのぶへ、

「いいから、早く行きな。また濡れるぜ」

トラックが走り去るのを、しのぶは雨の中で見送っていた。


「開いてるな」

と、内村が言った。

バー〈R〉は明りが点いて、店を開けている様子だった。

結局、杳子という女は、車の所に現われず、本多と圭子は内村と共に〈R〉へやって来たのである。

「あんたたちも、奈美に用があるんだろうけど、俺に先に話をさせてくれよ」

と、内村が言った。

「分りました」

と、本多は肯いて、「じゃ、我々は表で待っていましょう。ただ、奈美という人に、我々のことは言わないで下さい」

「分った。黙ってるよ」

内村は〈R〉のドアを開けて入って行った。

「いらっしゃい」

という女の声が、開いたドアから聞こえて来た。

「——どうなるでしょう？」

と、圭子は言った。

「さあ……。しかし、あの車が近くにあるんだから、香子という女もいると思った方がいいでしょう」

本多は少し考えていたが、「——どうかな」

「え？」

「あの、内村って男です。悪い人間じゃないと思うが、口は軽そうだ」

「そうですね」

と、圭子は肯いて、「——それじゃ、このバーの奈美って人にしゃべっていると？」

「その可能性はあると思います」

「じゃ、香子って妹に連絡するかもしれませんね」

「そうなると……」

本多は車のある方向へと、ちょっと目を向けて、「もしかすると、連絡を受けた香子が、車でどこかへ行こうとするかもしれない」

「ああ……。そうですね」

二人は顔を見合せた。

「さっきの車の所へ戻ってみましょう」

と、本多は言った。「奈美って女に話を聞くのは、いつでもできることです」

「分りました！」

二人は急いでさっき赤い小型車の停めてあった場所へと駆け戻った。

車はまだそこにあった。

もう暗くなっている。

本多は周囲を見回して、

「どこかに隠れて見ていましょう」

「どこに？」

「そのトラックのかげでいいでしょう。これだけ暗ければ大丈夫」

二人は、少し離れて停めてあるトラックのかげに隠れた。

「——もし女が来たら？」

「ともかく、女と結ちゃんだけなら、力ずくで結ちゃんを奪い返すだけです」

「はい」

「責任は僕が取ります。心配しないで下さい」

「本多さん……」

「しっ！」

遠くに人影が見えた。

こっちに向かって走って来る。

大人と子供だ。大人が子供の手を引張っている。

「結だわ！」

と、圭子が言った。「あの走り方——。間違いありません」

圭子の胸が高鳴った。

28　闇の奥へ

「楽しかったわ」

と、桑原信子《のぶこ》は助手席で大きく息をついて言った。

「ああ。——いいもんだな、たまにはこうして家族で外食するのも」

桑原はハンドルを握って言った。

「あなた、大丈夫？　ワイン、少し飲んだでしょ」

と、妻の信子が心配する。

「あれぐらい平気さ」

と、車を出しながら、桑原は言った。

「でも、もし取締りに引っかかったら……」

「免許を取り上げられたら、俺と別れるか？」

「馬鹿言わないでよ」

と、信子は夫をつついて笑った。

そのとき、桑原の目に、ホテルの派手なネオンが映った。ふと思い付いて、

「おい、信子」

「なあに？」

「ちょっと——ホテルに寄って行こうか」

「ええ？」

「酔いもさませるしな。——どうだ？」

「だって……拓郎《たくろう》が」

後ろの座席を振り返ると、今年八歳になる拓郎は、満腹でぐっすり眠り込んでいる。

「平気さ。部屋のソファで寝かせとけば」

「でも、あなた……」

信子の口調は拒んでいなかった。

桑原はホテルの明るいネオンへとハンドルを

切った。

——ホテルの部屋へ入ると、桑原は抱いて来た拓郎を、ソファの上にそっと下ろした。

「当分、目は覚めないよ」

「そうね……」

桑原は信子と目を合せると、抱き寄せてキスした。信子も夫へしがみついて行く。

「シャワーを……」

「後でいい」

桑原と信子はベッドの上へと折り重なった……。


あの子だ！

圭子は今にも飛び出したいのを、何とかこらえていた。

結の手をつかんで引張っているのは女——香子だった。

「僕が行きます」

と、本多は小声で言った。「ここにいて下さい」

「はい」

と、圭子は肯いた。

香子が赤い小型車の所へ小走りにやって来ると、車のキーを取り出そうとした。

しかし、右手で結の手をつかんでいるので、左手だけでキーを取り出そうとして苦労している。取り出したと思ったら、足下へ落として舌打ちした。

香子がかがみ込む。

本多が駆け出した。——そして、キーを拾い上げた香子が体を起こしたところへ、

「こいつ！」

と、ひと声かけると、拳で殴った。

香子がコンクリートの上に倒れて、ぐったりと動かなくなる。

「奥さん！」

呼ばれる前に、圭子は走り出ていた。

「結ちゃん！」

「ママ！」

結が圭子にしがみつくと、ワーッと泣き出す。

「良かった……。もう大丈夫よ……。良かった……」

圭子は抱きしめた我が子の首筋に、何度もキスした。

「奥さん」

本多は車のキーを拾い上げると、「おたくの車だ。運転して早くここから離れなさい」

圭子はキーを受け取って、

「本多さんは？」

「この女を警察へ突き出します。あなたのご主人がどこにいるかも、女から訊き出せるでしょう」

「でも──」

「僕は大丈夫。さあ、早く結ちゃんを」

「はい」

圭子は車に結を乗せると、「──どこへ行きましょう？」

「自宅はやめておいた方がいいな。誰か、親しいお友だちの所とか」

「そうですね。主人の知らない所へ行きますわ」

「それがいい。──さあ、早く！」

圭子は運転席のドアを開けて、

「本多さん……」

「行って下さい。——さあ」

「ありがとう!」

——圭子の運転する赤い車が走り去るのを、本多は見送って、ホッと息をついた。

「これで安心だ……」

と呟いて、振り向く。

目の前に、女が立っていた。口もとから血が流れている。

「よくも……」

香子は手にナイフを握っていた。いや、手術用のメスだ。

「やめろ!」

本多はよけようとしたが、間に合わなかった。

香子の手にしたメスが、本多の腹へと突き刺さった。


「ああ……」

桑原は息をついて、「このまま眠りたいな」

「私もよ」

信子が、また肌をすり寄せて行った。

「信子……」

「どうして浮気なんかしたのかしら」

「もう言うな。お互いさまだ」

「ええ」

二人はもう一度抱き合ったが、ソファで拓郎が寝返りを打つのが見えた。

「起きるかもしれないわ」

「じゃ、我々も……。ザッとシャワーを浴びよう」

「私はいいわ。帰ってからで」

桑原は、ベッドを出るとバスルームへ入り、簡単にシャワーを浴びた。

出て来ると、もう信子は服を着ている。

桑原が服を着ている間に、拓郎が目を覚ました。

「ここ……どこ？」

と、目をこすりながら、ポカンとしている。

「ちょっとお休みしてたのよ」

と、信子が微笑んで、「おうちに帰りましょ」

拓郎はウンと肯いたが、

「僕……喉かわいたよ」

と言った。

「あら。だって、どんどん遅くなるわよ」

「大丈夫さ。こっちも汗かいたからな。何か飲んで帰ろう」

と、桑原は言った。

――三人で、近くのファミレスに寄り、拓郎はプリンアラモードをペロリと平らげてしまった。

「三人で、どこかへ旅行しよう」

と、桑原は言った。「そう急ぐ仕事もないし」

「ええ。温泉にでもね」

「いいな」

と、桑原は肯いた。

しかし――頭の片隅で、道へ放り出して来た織原しのぶのことを思い出していた。

冷静になってみると、とんでもないことをしたものだ。しのぶの方が悪いと言っても、そんな理屈は通用しない。

俺は――しのぶを絞め殺したのだ。

しのぶが殺した男のこと、死体を捨てたこと、湖へ落ちた男……。

考えてみると、一体いくつの罪に問われることになるだろう？

しかし、今こうして信子と拓郎の屈託のない笑顔を見ていると、自首する気にはなれない。

もし、このまま罪を逃れることができるなら……。

しのぶと桑原の仲を知っている人間は、ほとんどいないはずだ。何といっても、桑原は別に芸能人というわけではない。

脚本家が誰と付合っていようと、ニュースにもならない。しのぶだって、アイドルスターではないから、そうマスコミにマークされていないだろう。

そうだ。黙ってさえいれば……。

きっと、このまま忘れられてしまう。

「——さあ、帰ろう」

と、桑原は立ち上った。

車を再び夜の町へと出す。

家まで、そう遠くないはずだった。

「あなた、明日は出かけるの?」

と、信子が訊いた。

「いや、別に予定はないよ」

「じゃ、ちょっと買物に行きたいの。車で連れてってくれる?」

「いいとも。デパートか?」

「ええ。スカートがちょっときつくて。少し太ったのね」

「肉付きがいいのも悪くないさ」

「変なこと言わないで」

と、信子が笑った。

車が静かな住宅地へ入って来る。

「もう着くぞ。——拓郎、また寝てるんじゃないか?」

「起きてるよ!」

と、後ろの座席から声が上った。

二人は笑った。

車が角を曲った。

ライトの中に、しのぶの姿が浮かび上った。

何だ？　――こんなことがあるのか？

これは幻か？

「あなた、危い！」

信子の声にハッと我に返り、ブレーキを踏む。

同時に、衝撃が感じられた。

車は停った。――桑原は全身から血の気のひくのを感じた。

あれは――本当にしのぶだったのか？

「あなた……」

信子が夫の腕をつかんで、「はねたわ」

「うん……」

「今の人……」

「しのぶだ」

「やっぱり？」

「ここにいろ」

車を出る。――雨は上っていたが、道はまだ濡れていた。

しのぶは、水たまりに顔をつけるように、うつ伏せに倒れていた。

「しのぶ……」

どうしてここに？　――やっと、桑原は、しのぶの首を絞めたとき、死んだことを確かめなかったのを思い出した。

生きていたのか！

かがみ込んで、しのぶの手首をそっとつかむ。脈を探ったが、手応えはなかった。

「あなた……」

信子もやって来て、「どう？」

「死んでる」

「まあ……」

桑原は立ち上って、しばらくしのぶを見下ろしていた。

「どうするの?」

「そうだな……。自首して来るか」

「そんな! いやよ! せっかく三人で新しい生活を始めようとしてるのに!」

「しかし――」

「どこかへ運びましょう」

「何だって?」

「気の毒だけど、もう死んでるのよ。どこで見付かっても同じだわ。ここで見付かったら、あなたが疑われる。どこか別の場所でなら……」

桑原は、信子が本気だと分った。

同じだ。――しのぶが、あの常田の死体を前に言ったことと。

何という皮肉!

「拓郎がいる」

「大丈夫よ。あの子だって、あなたに刑務所へ行ってほしくないわ」

「うん……。ともかく、家へ拓郎を連れて行ってくれ」

「分ったわ。歩いて行くから。――私、すぐ戻って来るわ」

「ああ、待ってる」

信子が車から拓郎を降ろして、

「何でもないのよ。いいわね、誰にも言わないで」

と言い聞かせているのが聞こえた。

桑原は、夜の道に、しのぶと二人、取り残された。

自分が深い暗闇の中へ、呑み込まれて行くような気がする。

雨が、また降り始めた……。

29　罪から罪へ

車のライトが、桑原を照らした。

「おい……」

冗談じゃないぞ。こんな時間に、しかもこんなときに、どうして車が通るんだ？

しかし、間違いなく車が走って来て、そのライトに、立ちすくんでいる桑原、そして道に倒れているしのぶが照らし出されたのだ。

桑原は、動くこともできなかった。

車は、ちょっと洒落たスポーツカーで、桑原のそばで急ブレーキをかけ、停った。

スポーツカーの窓から、

「どうしたんですか？」

と、まだ大学生らしい若者が顔を出した。

「いや……。何でもないんだ。大丈夫」

そう言うしかない。

「大丈夫って……。その人、どうしたんですか？　事故でしょ？」

「ああ……。まあね」

「救急車、呼んだんですか？」

「それは……。今、女房が呼んでる。うん、だから大丈夫なんだ」

しかし若者は、桑原の様子が明らかにおかしいと分ったようで、

「はねたんでしょ？　すぐ知らせないと」

と言うと、車を降りて来た。

放っといてくれ！　構わないでくれ！

桑原は心の中で叫んだ。

しかし若者はやって来ると、倒れているしのぶの方にかがみ込んで、手首を取った。

「僕は医学部の学生なんです」

と言ってから、「――亡くなってるじゃありませんか！」

「そう……。そうかな」

「あなたがはねたんでしょう？」

「いや、それは……」

すると、スポーツカーの助手席から女の子が降りて来た。デートの帰り、というところか。

「どうしたの？」

「ああ、事故だ。警察に知らせないと。少し遅くなるって、お宅に連絡したら？」

「ええ？　そんなこと……。厄介じゃない」

「放って行くわけにいかないよ」

と、男の方はきっぱりと言った。「ともかく電話する」

「じゃあ、電話したら、後は任せて行きましょうよ。どんどん遅くなっちゃう」

女の子の方は、男の方ほど「社会正義」に関心がないらしい。

「パトカーが来るまではいないと。君、タクシーでも拾って、先に帰る？」

「ええ？　いやだ。大体、こんな所、タクシーなんて通らないよ」

と、女の子はふくれっつらだ。

「ともかく、警察へ連絡するから、待っててくれ」

と、男がケータイを取り出す。

そのとき、

「待って！」

と、甲高い声がした。

桑原は、妻の信子が立っているのに気付いて、びっくりした。

「待ってちょうだい」

信子は、ケータイを手にした男の方へ歩み寄ると、「あなた、この死んだ女に何の係りもないんでしょ?」

「そりゃあそうですが——」

「じゃ、どうして、そんな余計なことをするの? この女はね、私たち夫婦の家庭を壊そうとしてたの。死んでも当然なのよ。あんたたちなんか、何も知らないくせに、人のことを監獄へ送ろうとするのね」

「僕はただ市民の義務を——」

「それが大きなお世話だって言うのよ!」

信子は、背中へ回していた右手をサッと突き出した。小ぶりで尖った肉切り包丁が白く光った。

「何するんですか!」

男が仰天して女の子と手を取り合い、後ずさる。

「どうしても警察へ連絡するって言うのなら、あんたたち二人も殺してやる!」

信子が悲鳴のような金切り声で、そう言うと包丁を振り回した。

「もう行こうよ! 私たち、何も言いませんから! 絶対に!」

と、女の子が男の腕を引張って、「ねえ、行こう!」

信子の剣幕に恐れをなしたのか、

「分った……。行きますよ、行きますよ」

と、男があわててスポーツカーへ乗り込む。

「どうかしてるぜ、全く！」

「とっとと行っちまいなさい！」

信子が包丁でスポーツカーのボディに傷をつける。男は急いでエンジンをかけ、車を走らせて行ってしまった。

「——信子」

「大丈夫よ。——あの二人は黙ってるわ」

信子は肩で息をついて、「あんな赤の他人に邪魔されてたまるもんですか！」

包丁を手に、肩で息をついて、雨の中に立っている信子の姿は恐ろしかった。

「信子……」

「さ、早く。しのぶさんの死体を運びましょう」

「だけど……」

と、桑原は口ごもった。

「何よ？　どうしたっていうの？」

「運ぶったって、どこへ？　警察も馬鹿じゃない。もし、隠そうとしたことがばれたら、罪は重くなる。——な、ここは素直に届け出よう。突然でよけ切れなかったと言えば——」

「今さら何言ってるのよ！」

と、信子は叫ぶように言った。

「おい、大きな声出すな。近所の人が起きるぞ」

「ああ……。そうね」

信子は息をついて、「確かに、そういう危険はあるけど、逆に誰がはねたか分らないままになる可能性だってあるでしょ」

「まあな」

「じゃ、やってみましょうよ！　あなた、刑務所に入りたいの？」

そう言われると、桑原もそれ以上逆らえなかった。

二人で、しのぶの死体を車のトランクに入れた。――桑原は、一日で二つの死体を車に隠すことになろうとは、思ってもみなかった。一体、これからどうなるのだろう?

「――やっと寝たわ」

圭子はダイニングへやって来ると、「ごめんなさいね、びっくりさせて」

「そんなこといいわよ。今、コーヒー淹れてるから。かけて」

「ありがとう」

「それにしても、大変なことになってたのね」

と、西川あゆみは言った。

独身の女友だちである。そういえば、あゆみとカラオケをやって、帰ろうとしたとき、本多に出会ったのだった。

何だかずっと昔のような気がする……。

圭子は、あゆみが注いでくれたコーヒーを飲んで、

「おいしい!」

と、ホッとして微笑んだ。「ああ……。やっと少し緊張がほぐれて来たわ」

「良かったわ」

西川あゆみもニッコリ笑って、「ここなら安全よ。ご主人もこのマンションなんか知らないし」

「ええ……」

結は怯えて、なかなか寝つかなかったが、一時間近く添い寝して、やっと眠ってくれた。

「でも、ひどい人だったのね、ご主人」

と、あゆみが言った。

「ええ。――私も、まさかあんなことまでやる

人だったなんて、思ってなかった」

「その女がそそのかしたのよ、きっと」

「たぶんね……。向こうもきっと思惑違いで焦ったのね」

「でも、結ちゃんはご主人にとって、自分の本当の子でしょ。それなのに……」

「分らないわ。あの人に何が起ったのか……」

と、圭子は首を振って言った。

「でも、良かったわね」

「え？」

「いい人にめぐり会ったんじゃないの」

「ああ……」

圭子は少し頰を染めて、「それはね……。でも、申し訳ないわ。何の関係もない人なのに、こんなことになって」

「本多さんっていったっけ？　その人とやり直せばいいのよ」

圭子はちょっと笑って、

「簡単に言わないでよ」

「あら、だって、もう寝たんでしょ」

「それは……たまたまの弾みで」

「弾みだって何だっていいじゃない。――ね、私に紹介してくれてもいいわよ。あんたの気が進まないのなら、私がいただく」

「とんでもない！　誰があげるもんですか！」

と、圭子は言い返して、二人して笑った。

「――でも、どうしたのかしら」

結を寝かしつけている間に、ずいぶん時間がたってしまった。

圭子は自分のケータイを持って来ると、本多にかけてみた。

「――出ないわ」

小首をかしげて切ろうとすると、

「もしもし」

と、女性が出た。

「あ……。もしもし」

と、ちょっと戸惑って、「本多さん……のケータイでは？」

「そちらはどなたですか？」

「私……本多さんの知人です」

と言ってから、「友人ですが」

と言い直す。

「こちらはN病院といいます」

圭子も知っている、あの近くの総合病院である。

「本多さんは――」

「このケータイを持ってらした方は、刃物で刺されて、路上に倒れていたのを発見され、救急車でここへ運ばれて来たんです」

圭子は青ざめた。

「刺されて？　それで――どんな具合ですか？」

「手は尽くしましたが、発見が遅かったので出血多量で、一時間ほど前に亡くなりました」

圭子の手が震えた。

「あの……亡くなったんですか。本多さんが」

それを聞いて、あゆみが息を呑んだ。

「――はい、分ります。犯人の見当もつきます」

と、圭子は言った。「警察の方にお話しします」

朝になったら病院へ行くと話して、やっと切った。

「圭子……」

「あの女だわ。――それとも主人か」

圭子は、呆然としていて、まだ実感できなかった。

「刺されたの？　気の毒に」

「私のせいで……。私と一緒に逃げてくれたら良かったのに」

「仕方ないわよ。あんたと結ちゃんのことを第一に考えたんだわ」

「いい人……。いい人過ぎたんだわ」

「そうね。――ね、あんたも疲れてる。少し休みなさい」

と、あゆみは立って、圭子の腕を取ると、「私は仕事休むから。心配しないで寝てればいいわ」

「そういうわけには……」

立って、圭子は促されるままに歩き出したが――。

「ちゃんと私が起きてるから」

「ごめんなさいね……。あなたにも迷惑を……」

そこまで言うと、圭子は崩れるように倒れて、気を失ってしまった。

30　明と暗

「あ、来たわ」

と、美央が言った。

エレベーターの扉が開いて、常田治が降りて来たのだ。

美央は手を振ろうと思った。しかし、上げようとした手は止った。

常田治は一人ではなかった。しっかり手をつないだ少女がいた。

あれが三神彩って子か。

治の話で、名前も聞いていたが、見ると本当にりりしくて美人だ。

「やあ」

と、治が美央を見て微笑んだ。

「こんにちは」

美央はやっと笑みを作って、「わざわざすみません」

「いや、別に……」

「母は今病室に。——呼んで来ます」

「うん」

二人を廊下に残して、美央は病室の中へ入って行った。

「——あの子ね」

と、彩が言った。「可愛いわね」

「だからって、別に——」

「分ってるわ」

と、彩は微笑んで、「でも、可愛い子を見れば目をひかれるでしょ。私だって、好みの男の子がいたら振り向くわ」

「彩——」

「心配しないで。でも、好きになると、何にでもやきもちをやくのよ」

と、彩は言って、治の手をギュッと握った。

病室から母娘が出て来た。彩は治の手を離した。

「よく来てくれたわね。私、黒木の家内よ」

と、黒木郁代が言った。

とても病人の見舞に来ているとは思えない、派手な服装だった。

「常田治です。——この子は三神彩。二人とも、その場に居合せて……」

「すぐ入院させてくれて助かったわ。本当にありがとう」

「いいえ。具合はどうですか?」

「そうね……。完全に元に戻るのは難しいでしょうけど、命は取り止めたわ」

「そうですか」

「何か飲みましょう。——美央、ここ、頼むわね」

「うん」

郁代は、治と彩を連れて、病院の最上階のレストランへ行った。

まだ昼食という時間ではなかったので、甘いものを頼んで、

「わざわざ来てもらったのはね」

と、郁代は言った。「主人がどこで倒れたか、私も知ってるし、あなたたちも子供じゃないから、どういう事情か分るでしょ?」

「ええ、まあ……」

「もちろん、主人は芸能人みたいに、スキャンダルを週刊誌やTVのワイドショーで取り上げられることはないわ」

と、郁代は言った。「ただね、この業界で読まれてる、業界誌って雑誌があるの。そこには、もしかしたら載るかもしれない」

「そうなんですか」

「主人のせいじゃなく、私が社長の姪だから」

「ああ、そういうことですか」

「親しい人は、主人と永井絢子さんの間も知ってる。主人が永井さんのマンションで倒れたと知ったら、記事にするかもしれない」

「はあ……」

「その件で、もし取材されても、何も言わない

でいてほしいの。分るでしょ？」

「ええ、まあ……」

治は少々面食らっていた。「あの――僕らはもともと永井さんの知り合いというわけじゃないので、取材とか、されることはないと思いますけど」

「あら、そう？　でも万一ってこともあるでしょ」

と、郁代は言うと、財布を取り出して、ティッシュペーパーでくるんだ札を差し出した。「これ、少ないけど、お礼と思って、受け取ってちょうだい」

「いえ、そんなつもりで僕たち――」

「ええ、分ってるわ。でも、こっちもね、何かお礼しないと気がすまないの。分るでしょ？」

と、郁代は半ば強引に治の手に握らせると、

「じゃあ、私はこれで。――お二人でゆっくり食べてってね」

と、さっさと立ち上り、伝票をつかんで行ってしまった。

「何だ、あの人？」

と、治が呆気に取られている。

ケーキが来たが、三つ。

「置いてって下さい」

と、彩が言った。

「困ったな」

「いくら、それ？」

「え？」

中を開けて、「――三万円だ」

「へえ。いちいち返すのも面倒だわ。いただいとけば？」

「だけど……」

「永井さんの所に泊めていただいたんだから、そのお礼に置いてけば？」

「そうか！　それ、いい考えだな」

「じゃ、このケーキもごちそうになる」

「ああ。——余った一つ、半分にするか」

「治、食べていいよ」

「いや、半分にしよう」

「どっちでも」

と、彩は笑った。

二人はのんびりケーキを食べ、

「彩。——家へ帰るか」

「うん。そうだね」

ごく自然な言葉だった。

「うちの親父、行方分んないけどさ、そっちは、付合うの、認めるって言ってるし」

「うん。きっと本気だと思うよ」

「学校も、あんまり休むとな」

「演劇部が心配してるよ」

と、彩は言った。

二人は顔を見合せ、何となく一緒に笑った。

「——心中から、ずいぶん後退したね」

「死んじゃもったいないよ。まだ十七なのにさ」

「そうよね。——初体験もしてないのに」

「あ、そうか。それは考えなかった」

「嘘つき！」

と、彩は治をつついた。


「ここで……」

と、圭子は呟いた。「ここで、本多さんは……」

「ええ。——そこに血だまりが」

と、刑事が言った。

圭子は、黒ずんだその血だまりのあとのそばにしゃがみ込んで、手を合せた。

「私のせいで……。本当にすみません」

と、涙を拭う。

「女の名は乙羽《おとわ》香子ですね」

と、刑事は言った。

「はい」

「ご主人とどこかへ逃げてるんでしょうが、どこか心当りはありませんか」

「さあ……」

圭子は、あのバーのことも刑事に話してあった。それ以上は話せることもない。

「娘さんは大丈夫ですか?」

と、刑事が訊く。

「はい」

圭子は肯いて、「友人の所に預けてあります。——もう戻ってもいいでしょうか」

「お送りしましょう」

「恐縮です。それから……本多さんのお葬式ですが……」

「親類の人に伝えようとしてるんですがね。なかなかうまく連絡がつきません」

「あの——もし、手間取るようでしたら、私に出させて下さい」

「そうですか。では、もしそういうことになりましたら……。おっと、失礼」

ケータイが鳴って、刑事が出ると、「——何だと? ——そうか。分った。行ってみる」

通話を切ると、

「安田さん。この近くの川で、車が沈んでいるのが見付かったそうです」

「はい」

「車が？」

「見ていた人の話では、自分から川へ突っ込んだらしい、と。今、引き上げているそうですが、中に女の死体が……」

「まあ……」

「行ってみますか」

「はい！」

——刑事の車に乗って、圭子は一五分ほどで河原に着いた。

クレーン車が、川から車を吊り上げている。

「レンタカーですな」

と、刑事は言った。

車から水が滝のように落ちて来た。

車が地面へ下ろされる。

半開きのドアは歪んで、なかなか開かなかったが、男三人が力を入れて引張ると、きしみながら開いて、中から女が上半身を投げ出すように現われた。

圭子は息を呑んだ。

「——どうですか」

と、刑事が言った。

圭子は胸に手を当てて、

「この人です」

と言った。「乙羽香子です」

「確かですね」

「間違いありません」

「やれやれ……。死ぬくらいなら、人を刺したりしなきゃいいんだ」

と、刑事は言った。「助手席にいたんですね」

「じゃ、主人がハンドルを……」

「おそらくね。——ご主人の方は川の中かな。捜索してみましょう」

「お願いします」

圭子は、乙羽香子の死体を見ても、もう腹は立たなかった。

自ら死を選んだことが、哀れだった。

圭子は、香子に向かって手を合せた。

すると、背後で、

「おい！　何だっていうんだ！」

と、怒鳴る声がした。

圭子は青ざめた。あの声は……。

振り向くと、夫が警官に腕を取られて、やって来た。ずぶ濡れだ。

「この男が、向こうの茂みに隠れてました」

「俺が何をしたっていうんだ！　茂みの中にいちゃいけないのか！」

そう怒鳴ってから、安田浩次は圭子に気付いてギョッとした。

「あなた……」

「お前……。どうしてここに……」

「本多さんを殺しておいて……」

「あれは──香子だ！　香子がやったんだ！　俺は知らない！」

「この人は死んだのに……。あなたは……」

「そんなこと言ったたって……。一緒に死んでくれと言われて、車ごと飛び込んだが、水を飲んで苦しくて……。夢中で泳いでたんだ」

「何て人なの……」

「おい……。俺だって、生きる権利はあるぞ！　そうだろう？」

圭子は思い切り力をこめて、平手で夫の頰を打った。

「いてえ！　おい……」

安田は、刑事の方を見て、へへ、と笑うと、

「女は怖いですね。すぐカッとなって。——死ぬと言い出したり、ひっぱたいたり。男は苦労しますよ。ねえ？」

「これから苦労するのはお前だ」

と、刑事がうんざりした様子で、「連行しろ」

「あの……刑事さん！　俺、こんなにびしょ濡れなんですよ。風邪ひいちまう！　せめて着替えを……。圭子、着替え、持って来てくれよ」

呆れてものも言えなかった。

夫がパトカーで連れて行かれると、

「何だか……力が抜けて」

と、よろけて、刑事があわてて支えた。

「大丈夫ですか？」

「すみません」

「さ、車に」

「はい……」

刑事の車に乗って、圭子は目を閉じた。

あんな男と、どうして結婚したんだろう？

そう思うと、本多の死も自分のせいだと思えて来て、圭子は声を殺して泣き出していた……。

31　事故

車は林の中へ入って行った。

ガクンと揺れて、助手席の信子が目を覚ました。

「あ……。眠っちゃったのね」

と、信子は目をこすって欠伸すると、車の窓から外を見て、「ここ……どこなの？」

桑原はただ、

「山の中だ」

と言った。

もう日が高い。信子は頭を振って、

「ずいぶん遠くまで来たの？」

と訊いた。

「まあな」

「でも、あなた……。どうしてこんな所、知ってるの？」

「どうでもいいさ」

と、桑原は言った。

まさか、「一度ここに死体を捨てに来たんだ」とも言えない。

しのぶの死体を、どこかに捨てることにしたものの、桑原はここしか思い付かなかったのである。

どこか途中の道路にでも放り出して、車にはねられた（それは事実だが）ことにしようかと思ったが、都心は夜中でも車や人がよく通り、トランクから死体を引張り出してなどいられなかった。

どんどん遠くへ出て行く内、明るくなって来て、もはや「あの場所」に行くしかない、と思ったのだった。

「──埋めるの？」

と、信子が訊く。

「いや、少し行くと湖の上に出るんだ。崖の下が湖だから、そこから投げれば……」

「そう。それなら、間違って落ちたって思われるかもしれないわね……」

まさか。──信子の楽天的な意見には同意できなかったが、桑原は何も言わなかった。

「もっと先なの？」

「いや、たぶんもうそろそろ──」

と言いかけて、桑原はブレーキを踏んだ。

それは「幻覚か?」と思えた。

そこにはパトカーが停っていたのである。

警官が桑原の車のほうへやって来た。

「——どこへ行くんですか?」

と、訊いて来る。

「いえ……。近道かなと思って」

「この先は、グルッと回って同じ道へ戻るだけですよ」

「そうですか……」

「でも、バックするのは大変ですね。今、パトカーを脇へ寄せますから」

「すみません」

——きっと、あの死体が見付かったのだ。

常田だけでなく、車を盗もうとしていた一人も落とされている。だから、この崖の上を調べに来たのだろう。


しかし、この車が怪しいとは思っていないようだ。

そりゃそうだよな。同じ車が、また他の死体を捨てに来るなんて、思わないだろう。

パトカーがぎりぎり脇へ寄せる。

「どうもすみません」

桑原は車を進めて、その場所を通り過ぎた。

「——ああ、びっくりした!」

と、信子が息をついて、「警察が待ち構えてたのかと思ったわ」

「ああ……。信子、やっぱり俺は……」

と、桑原が言いかけると、

「ホッとしたら、お腹が空いて来ちゃったわ!」

と、信子が言った。「ね、どこかで食事しましょ」

「しかし——」

「大丈夫よ。見付かりゃしないわ」

これって——デジャ・ヴュというやつだろうか？

常田の死体をトランクに入れたまま、しのぶも「お腹が空いた」と言ったものだ。

桑原には、その神経が理解できなかったのだが、今信子までもが同じことを言い出している。

「ね、どこかこの辺、レストランないの？」

「いや……。探しゃあるだろ」

「目についたら入りましょ」

「うん……」

信子は、まるでドライブ気分か、鼻歌など歌っている。

「私、何でもできるような気がするわ」

と、信子は言った。「ねえ。あんなにパトカーのそばを通ったのに、向こうは何も気が付かない！　私たち、大丈夫。ツイてるんだわ」

桑原は何も言わずに車を走らせた。そして——レストランに着く。

しのぶと入ったレストランである。

駐車したのも同じスペース。そしてレストランに入ると、

「いらっしゃいませ」

同じウェイトレスが、二人を同じ席へ案内してくれた……。

どうにでもなれ。——桑原はメニューを開けて、せめて俺は違うものを頼もう、と思った。

「思い出した」

と、若い刑事が言った。「あいつ、哲ですよ」

「何だ？」

「この下に浮いてた奴。哲って車泥棒です。元修理工で、よく車を盗んでたんです」

「ふーん。じゃ、誰かが分け前争いでもしたかな」

と、中年の刑事が言った。

「確か、弟分がいて……。何てったか、忘れましたけど、いつもくっついて歩いてたはずです」

「じゃ、そいつがやったのか？」

「さあ……。署へ戻れば名前も分ります」

「よし、ともかく、ここから落ちたってことだけは間違いない」

「引き上げますか」

「ああ」

二人はパトカーの方へ戻って来た。

「タイヤの跡から、何か分るかもしれん」

と、中年の刑事が言った。

「そうですね」

若い刑事は、パトカーのドアを開けようとして、ふと道を見下ろした。

「――おい」

と、警官を手招きして、「このタイヤの跡は何だ？」

「はあ。さっき車が通りかかって、パトカーを脇へ寄せて通らせたんです。その車のでしょう」

若い刑事がしゃがみ込んでいると、もう一人がやって来て、

「どうした」

「見て下さい。このタイヤの跡、そっちのとそっくりじゃありませんか」

「――なるほど」

事情を聞くと、「その車はどれくらい前に通ったんだ？」

「ええと……。二〇分か三〇分だと思いますが」

「おい、急いで手配しろ！　もしかすると、犯人が何か忘れ物でもして戻ってくるかもしれん」

「はい！」

警官はあわてて駆けて行った……。

「おいしかった」

と、信子はレストランで会計をしながら言った。

「ね、あなた？」

「――ああ」

桑原は気が重かった。

これで駐車場へ行ったら、きっと車が消えているのだ。そうに決っている！

食事の間、信子はこれからどうなるのか、しのぶの死体をどこへ運ぶか、全く話さなかった。

まるで、「その内、死体が勝手に消えて失くなる」とでもいうように……。

レストランを出て、桑原はホッとした。車はちゃんとあった！

すると――そこへ車が一台やって来た。

駐車場へ入って来ると、桑原の車の隣のスペースへ入れようとする。

桑原たちは足を止めて、その車がバックして駐車しようとするのを見ていた。

しかし、女性のドライバーは明らかに初心者で、なかなかうまく入れられない。

「おい！　何してるんだ！」

車の中で、夫らしい男が怒鳴っていた。「もういい！　代れ！　俺がやる」

「大丈夫よ！」

と、妻が言い返す。「もうちょっとじゃない！」

「何度やり直してるんだ！　おい――」

「いちいちうるさいわね！」

頭にカッと血が上ったのだろう、完全にハンドルを逆に切ってバックさせた。

桑原が声を上げる間もなかった。

その車が、桑原の車にもろにぶつかったのだ。桑原の車のライトが粉々になり、さらにブレーキの代りにアクセルを踏んだらしく、桑原の車は押されて後ろの塀にぶつかった。

「馬鹿！　だから言っただろうが！」

と夫が怒鳴る。

「あんたがガミガミ言うからいけないのよ！」

桑原はやっと我に返った。

急いで車へ駆け寄ったが――。

「――大丈夫ですか！」

レストランのレジの女性が走って来た。

「ああ、車が……」

ぶつけた車の夫婦は大声でののしり合っている。

「おけがはなかったんですね！　良かった」

「ありがとう……」

桑原は、このままにしていたら警察が来るということに気付いた。

「急ぐんでね。ともかくこの車で出発する」

「でも、今一一〇番しましたから」

「いいんだ！」

桑原は、怒鳴り合っている夫婦へ、

「早く車をどけてくれ！」

と言った。

「あんたは？」

「この車の持ち主だ」

「ああ……。こりゃ失礼」

と、夫の方があわてて、「家内がとんだことを……」

「いや、いいんです。ともかく急ぐんでね。車をどけて下さい」

「はあ、しかし、事故の補償を――」

「いいから、車をどけてくれ！」

夫が車へ乗り込み、ともかく車を動かす。

信子も呆然としている。

「あなた……」

「急ごう」

二人は車に乗り込んだ。

エンジンはかかるか？　祈るような思いでキーを差し込む。

かかった！

「早く行きましょう」

と、信子が言った。

「ああ」

アクセルを踏む。――そのとき、レストランの女性が何か叫んでいるのに気付いた。

何？　しかし、今は早くここから離れることだ。

こぼれていたガソリンがどうしたって？

「危ない！」

という叫び声。

信子が悲鳴を上げた。

車が炎に包まれたのだ。

「逃げろ！」

と、桑原は怒鳴った。

車はノロノロと進んでいた。

ドアから桑原と信子が転り出た。服が燃えている。

「助けてくれ！」

「熱い！」

二人の叫び声。

そして――車は爆発するように燃え上がった。

レストランの女性が上着を脱いで、信子の体に叩きつけて火を消す。

「早く、そっちの人も！」

と言われて、車をぶつけた方の夫が、上着を脱いで桑原の体を叩き始めた。

レストランの客が次々に飛び出して来て、この惨状を眺めていた……。

32　新しい明日

「お母さん」

と、治が母の腕を取って、「足下、危いよ。気を付けて」

「ええ、大丈夫よ」

常田加代子は息子に向かって、何度も肯いて見せた。

靴先を濡らすほど、湖の水は間近にはねていた。

引き上げられたそれは、ビニールシートの上に置かれていた。

「常田さんですね」

と、刑事が言った。

「はい。――常田広吉の家内です」

と、加代子はていねいに頭を下げた。「お手数をおかけしまして。主人は……」

「桑原という男の供述で、この湖を探したところ、発見されました」

と、刑事は言った。「ご確認いただけますか」

「はあ」

死体を覆っていた布が、そっとめくられる。青白く冷え切った顔が現われた。

治が身震いして、

「父さん……」

と呟いた。

「――ご主人に間違いありませんか」

と、刑事が訊く。

加代子は、覚悟していたのか、ほとんど表情を変えず、

「はい。確かに主人です」

と言った。

「残念です」

再び布がかけられて、それはただの「物」になった。

「その――桑原という人が主人を殺したんでしょうか?」

「いえ、供述によると、遺体を湖へ捨てるのを手伝っただけだそうです。殺したのは、女優の織原しのぶだと」

「まあ……。私も会ったことがありますわ。どうしてあの人が――」

「自殺するつもりで、ご主人を道連れにしようとしたそうです。ご主人に毒薬をのませて。しかし、自分は死ななかったんです」

「どこにいるんですか、その女!」

と、治が怒りの声で言った。

「死にました」

刑事の言葉に、加代子も治も拍子抜けの様子で顔を見合せた。

「詳しいことは、改めて署の方でお話ししますので」

「はい……」

加代子はもう一度、夫の遺体を見下ろして、

「丈夫なのが取り柄だったのにね……」

と、呟くように言った。


「本多さん……」

安田圭子は駅前に立って、そう呟いた。

ここで——。ここで、本多と出会ったのだった。

むろん今は昼間で、あのときとは様子も違っている。しかし、圭子には、振り向けばそこに本多が立っているような気がしていた……。

あのとき——終電がいつも通りに動いていたら、本多と会うこともなかったろう。そして、圭子はまるで違う事態に追い込まれていたに違いない。

本当に人の運命って、分らないものだ。

圭子は黒いスーツ姿だった。

結局、本多の葬儀は圭子が出したのである。

「そんなのおかしい」

と言う者もいたが、

「娘の命の恩人よ。それぐらいしてあげて当然じゃないの」

と、圭子は押し切った。

本多の親戚などは全く関心がなかったようで、

「好きなようにして下さい」と言われた。自分たちが費用を負担しないでいいと分ると、ホッ

としていた。

　圭子は、斎場から帰ると、一緒にいてくれた西川あゆみに結を預けて、一人でこの駅前へやって来たのである。

「本多さん……。私、きっと幸せになりますわ」

と、語りかけた。「それがあなたへの恩返しですものね」

　あわただしく通り過ぎて行く人々は、そっと手を合せる圭子のことなど、見ようともしなかった。

　――夫の暴力に怯えていた自分が、今は遠い昔のように、いや他の人間のことのように思えた……。

　圭子は駅前から離れて、本多とラーメンを食べた屋台、そしてほんのひととき愛を交わしたホテルと、辿って歩いた。

　ひそかな予感があった。

　あのとき、もしかしたら本多の子を身ごもっていたかもしれない、という予感が。

　もしそうなら、本多は圭子の中で生き続けていることになるのだ。

「新しい生活が待ってるわ」

と、大きく息をついて、圭子は歩き出した。

　まず仕事を見付けよう。結と二人で暮して行けるように。

「――夕ご飯のおかず、買って帰りましょ」

　圭子はそう呟いた。

「おい、柴野君！　ちゃんとこの子を送り届けるんだぞ！」

と、馬渕社長が言った。

「かしこまりました」

柴野でなくて柴田です、と訂正するのはもう諦めていた。

「ごちそうさまでした」

と、香月杏はきちんと礼を言った。

有名なフランス料理のレストランで、三人で夕食をとったのである。

香月杏は、大人びたワンピースを着て、こういう場所でも少しも気後れする様子がなかった。

「ま、何かあれば、いつでも相談に来なさい！」

馬渕は先にハイヤーで帰って行った。

それを見送って、

「——やれやれ、疲れたんじゃない？」

と、柴田が訊くと、

「いいえ。人間を観察してると、退屈しませんよ」

と、杏は言った。

「君は大人だね」

と、柴田は笑った。「さ、家まで送るよ」

「まだ早いわ。二人で飲まない？」

「おいおい、君は高校生だろ」

「お酒とは言ってないわ。お汁粉でもいいわよ」

と、杏が言い返す。

「君はまだ高校生なんだ。あんまり遅くなっちゃいけないよ」

と、柴田は言った。

杏は肩をすくめて、

「分ったわ。——じゃ、少し歩こう。それくらい、いいでしょ？」

「ああ、もちろん」

二人は夜道をぶらぶらと歩き出した。

「——娘さんはどう？」

と、杏が言った。

「幸代かい？　うん、このところ落ちついてる」

そう言ってから、「君——何か知ってるの？」

「いいえ。幸代ちゃん、熱が冷めたのよ」

「熱が……」

「誰もが、一度は通る道なの。心配しなくても大丈夫」

杏の言葉に、柴田は心からホッとしていた。

「それにね」

と、杏は続けて、「柴田さんが、少し変ったわ。幸代ちゃんにも、それが伝わってるんだと思う」

「僕が変った？」

「ええ。自信が感じられるっていうか、生活が充実してるっていうか……」

「それは……。仕事に戻れたせいかな。たまただけど、責任のある仕事を任されて、やりがいを感じてるのかもしれない」

「そういう気持が、ご家族にも伝わるのよ」

「確かに、そうかもしれないな」

柴田は微笑んで、「ありがとう。君にそう言われて、漠然としたものがはっきり見えて来た気がする」

「だったら、もうくよくよしないこと。ね？」

「ああ」

「ね、課長さん」

「僕は係長だよ」

「さっき、あなたが席を外してる間に、社長さんが言ってたわ。『今度、あいつを課長にしようと思ってる』って」

「本当かい？」

「嘘はつかないわ」

「そうか……。しかし……クビから課長とは、社長も時々正気に返るんだな」

二人は少しして、一緒に笑い出した。

「さあ、タクシーを拾おう」

停めるのは容易だった。

タクシーの中で、杏はそっと柴田の手に手を重ねた。

柴田はちょっと咳払いして、しかし、杏の手を振り離すことはしなかったのである……。


写真の中から、常田が笑いかけていた。

香の匂いが立ちこめて、加代子は目を赤くしたまま座っていた。

「——母さん」

と、治が言った。「大丈夫?」

「ええ……。ただ、あの写真を見てると、あんなお父さんの笑顔、ずいぶん長いこと見てなかったな、と思ってね」

と、加代子は言った。

「そうだね……」

加代子は息をつくと、

「誰か、焼香にみえるかしら」

と言った。「ずっと病院だったし……」

「いいさ。僕と母さんで送れば」

と言った治が、「——やあ」

と、目を見開いた。

三神彩がやって来たのである。

「まあ、来てくれたの?」

と、加代子が立ち上って、「ありがとう」

「今、父と母も」

三神と妻の真世が斎場へ入って来た。

「まあ、わざわざ……」

「とんでもないことだったね」

と、三神は頭を下げた。「色々——悪いことを言ったが、許してくれ」

「もう、終ったことですよ」

真世が写真を見上げて、

「いい顔してるわ、常田さん」

と言った。

「古い写真よ。仕事に打ち込んでるときのね」

すると、受付の方が騒がしくなった。

「何かしら？」

と、加代子が言った。

ゾロゾロと、一斉に人が入って来た。

「——まあ」

加代子が目をみはった。

「誰なの？」

と、治が言った。

「昔の仲間よ！　みんな——あの撮影所のころの……」

服装はバラバラで、仕事の途中を抜け出して来たらしい者も多かったが、ともかく加代子の方へやって来ると、

「やあ！」

と、手を握る。

次々に加代子のそばへ人が集まって、中にはポロポロ泣く者もいた。

「ありがとう……。本当に……」

加代子も声を詰らせている。

お坊さんが着いて、読経《どきょう》が始まっても、なお昔の仲間たちが次々にやって来た。

「——私も座っていい？」

彩が、治の前に来て言った。

「ええ、どうぞ」

と、加代子が肯く。「治の隣に」

「はい」

彩は治と並んで、遺族の席に座ったのである。

三神はそれを見て微笑んだ。真世の方は面白くなさそうだったが、文句は言わなかった。

——焼香になると、加代子と治、それから彩もそれに続いた。

初めガラガラだった式場は、いつしか人で一杯になっていた。

焼香の煙が立ちこめて、加代子は夫の写真を見やると、

「あの人、煙そうな顔してるわ」

と、笑顔で呟いたのだった……。

（了）

『終電へ三〇歩』単行本　二〇一一年三月刊　中央公論新社
ノベルス版　二〇一三年一月刊　C★NOVELS
文庫版　二〇一四年二月刊　中公文庫
ノベルス新装版の刊行にあたり、サブタイトルを付しました。

ご感想・ご意見は
下記中央公論新社住所、または
e-mail：cnovels@chuko.co.jpまで
お送りください。

C★NOVELS

新装版《しんそうばん》
終電《しゅうでん》へ三〇歩《さんじっぽ》
——帰《かえ》れない夜《よる》の殺人《さつじん》

2013年1月25日　初版発行
2021年2月25日　改版発行

著　者　赤川次郎《あかがわじろう》
発行者　松田陽三
発行所　中央公論新社
〒100-8152　東京都千代田区大手町1-7-1
電話　販売 03-5299-1730　編集 03-5299-1930
URL http://www.chuko.co.jp/

DTP　ハンズ・ミケ
印　刷　三晃印刷（本文）
大熊整美堂（カバー・表紙）
製　本　小泉製本

Published by CHUOKORON-SHINSHA, INC.
Printed in Japan　ISBN978-4-12-501426-5 C0293